Mira Sol

Die drei !!!

Das geheime Buch

Kosmos

Herzlichen Glückwunsch!

Als schlaue Detektivin hast du bereits die ersten beiden Seiten dieses Buchs geöffnet. Dein Werkzeug dafür war wahrscheinlich ein Lineal oder ein Brieföffner. Sehr gut! Du kannst allerdings auch die Spiegelfolie nehmen, die vorne im Buch eingeklebt ist. Damit klappt das Auftrennen besonders leicht.

Verliere die Folie nicht –
Sie wird dir bei einigen Rätseln
auf den nächsten Seiten
eine wertvolle Hilfe sein!

Bist du bereit für ein
spannendes Abenteuer
zusammen mit dem berühmten
Detektivclub *Die drei !!!*?
Dann hilf ihnen dabei, den
Schatz der Magierin zu finden!

Umschlagillustration von Ina Biber, Gilching
Umschlaggestaltung von Friedhelm Steinen-Broo, eSTUDIO CALAMAR
Innenillustrationen von Karin Helmreich, Weinstadt
Innenillustrationen auf den Seiten 10 f., 18 f., 22 f., 66 f., 114 f., 178 f. basierend auf Illustrationen von Ina Biber, Gilching
Anamorphosen auf den Seiten 42 f. und 98 f. von Jürgen Becker, Nürnberg

FSC
www.fsc.org
MIX
Papier aus verantwortungsvollen Quellen
FSC® C084279

Gedruckt auf chlorfrei gebleichtem Papier

ISBN 978-3-440-14927-0
Redaktion: Annemarie Chiappetta
Produktion: DOPPELPUNKT, Stuttgart
Druck und Bindung: Print Consult GmbH, München
Printed in Hungary/Imprimé en Hongrie

Öffne die Seiten und finde
ein wunderbares Geheimnis heraus!

ACHTUNG!

So nah warst du den
drei berühmten
Detektivinnen noch nie!

Geh mit ihnen
durch die Gefahr und
finde den Schatz!

Dich erwarten eine Nacht
mit Vampiren, Hexen,
Elfen und Feen,
verschlüsselte Botschaften,
eine geheime Tür,
ein verstecktes Liebesgedicht
und gespenstischer Grusel.
Und das ist erst der Anfang ...

Viel Glück –
und 1, 2, 3 – POWER!!!

Der Wind bauschte die Gardinen vor dem geöffneten Fenster. Die Klinge des Brieföffners blitzte im Sonnenlicht auf. Kim verstärkte den Griff um ihre Waffe und schob sich Stück für Stück vor. Wenige Zentimeter vor dem Ziel verharrte sie, holte aus und stach mit voller Wucht zu. Es gab einen ohrenbetäubenden Knall. Der riesige Totenschädel mit den schwarzen Augenhöhlen zerbarst in tausend Gummifetzen.
Kim grinste zufrieden. Sie beugte sich aus dem Fenster und winkte ihren beiden Brüdern im Garten zu. »Was war denn das für ein fürchterlicher Krach?«, flötete sie.
Die Zwillinge starrten fassungslos zu Kim nach oben. Ben hielt eine Schnur in der Hand, deren Ende irgendwo im Fliederbusch verschwand.
Lukas reckte die Faust und schrie: »Das weißt du ganz genau, blöde Planschkuh! Du hast unseren Horror-Ballon zerstört!«
Kim zuckte mit den Schultern. »Da schwebte plötzlich so ein riesengroßer Totenkopf in meinem Fenster. Ich habe mich total erschreckt und natürlich sofort zugeschlagen.«
»Der war schweineteuer«, rief Lukas. »Den bezahlst du uns!«
Kim tippte sich an den Kopf. »Du spinnst wohl. Sorry, Jungs! Seid einfach froh, wenn ich Mama und Papa heute Abend nichts davon erzähle, dass ihr mich bei den Hausaufgaben gestört habt!«
Die Zwillinge ließen die Köpfe hängen.
Kim griff energisch zum Fensterknauf. »Und jetzt lasst mich endlich in Ruhe!« Sie schloss das Fenster und trat hinter die Gardine. Heimlich beobachtete sie Ben und Lukas. Die bei-

den diskutierten eine Weile miteinander, dann fingen sie an, die Gummifetzen aus dem Fliederbusch zu klauben. Kim nickte zufrieden. Heute würde sie von den beiden Nervensägen bestimmt nichts mehr hören. Sie sah auf die Uhr. Bis zum Treffen mit ihren Freundinnen und Detektivkolleginnen Franzi und Marie war noch fast eine Stunde Zeit. Vielleicht konnte sie bis dahin noch in der Online-Zeitung nach neuen Verbrechen in ihrer Gegend suchen. *Die drei !!!* brauchten dringend einen neuen Fall! Kim nahm ihren Laptop vom Schreibtisch und machte es sich auf dem Bett bequem. Während sie das Gerät aufklappte, fiel ihr ein, dass sie etwas Wichtiges vergessen hatte: Gummibärchen! Nach dem Ärger mit ihren Brüdern brauchte sie jetzt unbedingt eine Extraportion Zucker für die Nerven.
Zum Glück war die Schublade mit dem Süßigkeitenvorrat gut gefüllt. Kim griff nach einer Tüte mit extra sauren Gummidrops. Im gleichen Moment klingelte es an der Haustür. Verwundert wandte sich Kim um. Sie erwartete keinen Besuch. Und ihre Eltern und Brüder kamen immer mit dem Hausschlüssel herein. Kim seufzte. Wahrscheinlich hatten die Zwillinge mal wieder ihre Schlüssel vergessen. Dann würde sie ihnen jetzt eine Lektion erteilen!
Kim grinste und schlich zur Tür. Sie freute sich diebisch darauf, die verärgerten Gesichter von Ben und Lukas zu sehen, wenn sie ihnen einfach nicht aufmachte. Sie beugte sich vor und spähte durch den Türspion.
Was sie sah, ließ ihr augenblicklich das Blut in den Adern gefrieren.

Franzi schenkte Zitronenbrause in drei Gläser ein und sah Kim ungläubig an. »Und du hast wirklich geglaubt, dass ein Vampir vor der Tür steht?!«
Kim grinste schief. »Keine Ahnung. Ich habe mich jedenfalls total erschreckt!« Sie boxte Marie gegen die Schulter. »Das war echt gruselig! Ich habe durch den Türspion gesehen – und plötzlich waren zwei riesige Fangzähne direkt vor meinem Gesicht. Ist doch klar, dass ich anfange zu schreien.«
Marie zuckte mit den Schultern. »Ich habe bei Kim geklingelt, weil ich ihr mein neues Kostüm zeigen wollte. Aber statt aufzumachen, hat sie plötzlich hinter der Tür losgebrüllt. Ich dachte, sie wird gerade abgemurkst!« Marie nahm einen Schluck Brause und stellte das Glas auf den Tisch zurück. »Also habe ich laut um Hilfe gerufen. Das hat Kim wohl noch mehr erschreckt.«
»Allerdings!« Kim schüttelte den Kopf. »Erst dieses Vampirgesicht im Türspion und dann noch diese Schreie. Das war der reinste Horror!«
Franzi grinste. »Da wäre ich gerne dabei gewesen: Die eine steht draußen vor der Tür und die andere drinnen – und beide kreischen panisch herum.« Sie pustete sich eine Haarsträhne aus dem Gesicht. »Es ist kaum zu glauben, dass ihr zwei erfahrene Detektivinnen seid, die schon über fünfzig Fälle gelöst haben!« Franzi lehnte sich nach hinten und verschränkte die Armen im Nacken. »Wahrscheinlich haben es *Die drei !!!* nur mir und meinen Nerven aus Drahtseilen zu verdanken, dass sie so erfolgreich sind!«
Kim und Marie warfen sich einen kurzen Blick zu, dann stürzten sie sich auf Franzi und begannen sie durchzukitzeln.

Nach zwei Minuten schaffte es Franzi, sich zu befreien und hinter die Pferdekutsche zu flüchten. »Gnade!«, flehte sie. »Aufhören! Sonst gibt es bald ein Ausrufezeichen weniger!«
»Na gut«, sagte Marie. »Ich glaube, es reicht wirklich.«
»Danke!«, sagte Franzi grinsend und kam wieder zum Tisch zurück. Sie nahm einen großen Schluck aus ihrem Glas. »Was wolltest du eigentlich mit der Verkleidung? Habe ich den neuesten Beauty-Trend verpasst?«
»Nein.« Marie verdrehte die Augen. »Die Sachen sind für meinen neuen ehrenamtlichen Job. Die Leiterin der Stadtbibliothek hat mich gefragt, ob ich Vorleserin werden will. Da habe ich zugesagt. Und nächste Woche findet eine lange Lesenacht für Mädchen mit Geschichten aus Fantasy- und Vampirromanen statt. Dafür habe ich mir das passende Styling besorgt.« Marie zupfte an ihrem schwarzen Seidentop. »Gleich bei Kim um die Ecke gibt es einen unglaublich tollen Kostümladen. Ich habe mir dort ein paar Vampirzähne und den schönen Umhang gekauft. Und dann dachte ich, ich zeige Kim gleich mal alles, und anschließend fahren wir zusammen zu dir zum Pferdeschuppen.«
Franzi grinste. »Gute Idee – aber schlechte Ausführung, würde ich sagen.«
Kim zuckte mit den Schultern. »Schwamm drüber, würde meine Oma sagen.« Sie sah Marie neugierig an. »Erzähl mal lieber etwas mehr über diese Lesenacht!«
»Hier«, sagte Marie und zog einen Zettel aus ihrer Hosentasche. »Das ist der Einladungs-Flyer zu der Veranstaltung.«

Girls
Mutige Mädchen lesen um Mitternacht!
Hast du Lust auf fantastische, gruselige und romantische Geschichten von Feen, Elfen, Geistern, Vampiren und Hexen? Dann komm zur großen Lesenacht für Mädchen!
Wann: Freitag, 3. Juli, von 19:00 Uhr bis kurz vor Mitternacht
Wo: In der Bibliothek des alten Wasserschlösschens im Jakobipark
Wer: Mädchen von 10 – 14 Jahren
12 1 2 3 4 8 9 10 11

only!
Die Teilnahme ist kostenlos!
Mit Schnitzeljagd durch das alte Wasserschlösschen! Wer Lust hat, kommt als Hexe, Fee, Elfe oder Vampir!
Es gibt leckere Snacks und Getränke!
Bitte lasst euch von euren Eltern oder einer erziehungsberechtigten Person abholen!
Wir freuen uns auf eine Nacht der fantastischen Wesen mit euch!
Anmeldung bis 26. Juni in der Stadtbibliothek am Rathaus.
Eure Steffanie Meyer
(Leiterin der Stadtbibliothek)

»Das klingt aber gut!«, sagte Kim.
Franzi nickte. »Lesen ist zwar nicht so mein Ding, aber die Location ist super. Das muss das alte Schlösschen sein, das hinter den großen Eichen im Park steht. Ich wollte schon immer wissen, wie es dadrin aussieht!«
»Ja«, sagte Marie. »Genau das ist es. Die Stadt hat es vor ein paar Jahren gekauft und renoviert. Jetzt sollen dort kleine Konzerte und andere Events stattfinden.«
Kim machte ein enttäuschtes Gesicht. »Schade, da wäre ich gerne dabei. Aber die Anmeldefrist ist ja schon vorbei.«
Marie strich sich eine Strähne ihrer langen blonden Haare hinters Ohr. »Das ist bestimmt kein Problem. Ich habe morgen eine Besprechung mit der Bibliothekarin. Ich frage sie einfach, ob ihr mitkommen könnt.«
Kim und Franzi strahlten. »Danke!«, jubelte Franzi. »Das wäre super!« Dann machte sie ein geheimnisvolles Gesicht. »Wollt ihr nicht endlich wissen, warum ich euch zur spontanen Clubsitzung eingeladen habe?«
Marie sah ihre Freundin gespannt an. »Hast du einen neuen Fall für uns?«
»Nein, leider nicht.« Franzi zuckte mit den Schultern. »Aber dafür eine super Überraschung!« Sie sprang auf und lief zur Kutsche rüber. »Seht euch das an!«
Erst jetzt fiel Kim auf, dass die alte Pferdekutsche, die sie immer für besonders geheime Besprechungen nutzten, nicht an der gewohnten Stelle stand.
»Ich habe gestern unseren Container mit den Detektivutensilien aufgeräumt. Dabei ist mir ein Teil vom Abhörgerät runtergefallen und unter die Kutsche gerollt.« Franzi ging

in die Hocke. »Ich musste sie ein ganzes Stück wegschieben, um dranzukommen. Und dabei habe ich *das* hier entdeckt!« Sie klatschte mit der flachen Hand auf die Holzdielen.

Neugierig traten Kim und Marie näher.

»Eine Falltür!«, rief Marie. Sie kniete sich neben Franzi.

»Genau!«, sagte ihre Freundin mit roten Wangen. »Ich weiß nicht, wieso keiner mehr daran gedacht hat. Aber unter dem Schuppen befindet sich ein Kriechkeller!«

»Wahnsinn!«, flüsterte Kim. »Warst du schon unten?«

Franzi nickte. »Klar! Es ist echt der Hammer. Der Keller ist vollkommen leer. Er ist sehr niedrig, aber man kann gerade noch aufrecht stehen. Kommt, ich zeige es euch.«

Sie klappte die Tür hoch und drückte Marie eine Taschenlampe in die Hand. Im Lichtkegel war eine Holztreppe zu erkennen, die in die Tiefe führte. Die drei Mädchen kletterten schnell hinab. Kühle Luft schlug ihnen entgegen und die festgestampfte Erde am Boden knirschte unter ihren Schuhen.

»Das ist ein optimales Geheimversteck«, sagte Franzi. »Hier findet uns bestimmt keiner!«

»Absolut«, antwortete Marie. Sie ließ den Lichtkegel über Decke und Wände gleiten.

»Warte mal!«, rief Kim plötzlich. »Da war was!«

»Was?«, fragte Marie und leuchtete ziellos mit der Taschenlampe umher. »Wo? Was meinst du?«

Kim schluckte. »Ich sehe einen Schatten dort hinten, der ist –«

Sie wurde von Maries gellendem Schrei unterbrochen.

»Was ist los?« Kim schlug das Herz bis zum Hals. »Marie, was ist?!«

»Eine r…riesige Fledermaus!«, stotterte Marie. »Sie hat mich am Kopf gestreift!«
»Jetzt macht doch nicht so eine Panik«, flüsterte Franzi. »Das ist doch bloß der Schatten. Es ist eine winzig kleine Zwergfledermaus. Die ist völlig harmlos!« Sie deckte die Taschenlampe mit der Hand ab. »Das Licht muss das arme Tier aufgeschreckt haben!«
»Wie ist die hier überhaupt hereingekommen?«, fragte Kim. »Durch die Falltür bestimmt nicht!«
Franzi nickte. »Das glaube ich auch nicht. Sie muss durch den Zugang auf der Rückseite des Schuppens hineingeschlüpft sein.«
Kim horchte auf. »Man kommt hier auch von draußen rein?«
»Ja. Siehst du die Treppe dahinten?« Franzi leuchtete kurz in eine Ecke. »Darüber befindet sich eine weitere Klappe, die nach draußen führt. Sie ist total mit Efeu überwuchert. Deshalb sieht man sie kaum.« Sie zog den Haargummi an einem ihrer kurzen roten Zöpfe fest. »Bestimmt ist die Fledermaus durch einen Spalt in der Klappe hineingekommen. Ich werde heute Abend, wenn sie ausgeflogen ist, das Loch zumachen.« Sie nickte und lächelte. »Dann kann sie ab jetzt im Garten schlafen. Wofür haben wir den Fledermauskasten im Apfelbaum!«
Die drei Detektivinnen klatschten sich ab, kletterten die schmale Treppe hinauf und verschlossen die Falltür wieder.
Kim runzelte die Stirn. »Wenn der Keller geheim bleiben soll, müssen wir den Zugang aber irgendwie tarnen.«
Marie nickte. »Die Kutsche können wir schlecht wieder drüberschieben. Dann geht die Klappe nicht mehr auf.« Sie sah

sich im Pferdeschuppen um. »Wie wäre es mit dem Flickenteppich aus der Sitzecke?«
»Perfekt!«, riefen Franzi und Kim wie aus einem Mund.
Gemeinsam verschoben sie den Tisch und die Stühle und Franzi zog den bunten Teppich über den Boden bis zur Falltür.
Kim trat einen Schritt zurück. »Sehr gut, man sieht nichts! Der Teppich ist auch leicht genug, sodass wir ihn zusammen mit der Klappe anheben können, wenn wir mal über den Außenzugang kommen.«
Franzi verschränkte die Arme vor der Brust und nickte zufrieden. Sie betrachtete einen breiten Spalt zwischen zwei Holzdielen vor dem Regal. »Hier können wir ein Verlängerungskabel durchziehen«, schlug sie vor. »Dann haben wir in der Geheimkammer Strom und können Lampen aufhängen.«
»Sehr gute Idee!«, stimmte Kim zu. »Ich glaube, wir haben noch ein paar alte Leuchten auf dem Dachboden. Ich frage gleich heute Abend meine Eltern, ob ich die haben kann!«
»Super!«, rief Marie. »Und ich bringe meine alten Sitzkissen und ein paar leere Weinkisten von meinem Vater mit. Damit können wir Regale bauen.«
Franzi grinste. »Licht, Sitzgelegenheiten und Regale. Perfekt! Wir haben alles, was wir brauchen!«
Marie zwinkerte ihren Freundinnen verschwörerisch zu. »Dann muss jetzt nur noch eine Sache gemacht werden …«
Kim und Franzi verstanden sofort. Sie stellten sich neben Marie und die drei Mädchen streckten die Arme aus. Anschließend legten sie die Hände aufeinander und schlossen die Augen. Dann holten sie tief Luft.

1, 2,
POW

3 -
ER!!!!

Eine Woche später betraten Kim, Franzi und Marie das alte Wasserschlösschen im Jakobipark. Die tief stehende Sonne schien durch die großen Fenster der Eingangshalle. Sie zauberte goldene Reflexe auf den weißen Marmorboden und die hellen Wände. Überall hingen große Ölgemälde, die romantische Landschaften, Fabelwesen und Porträts edel gekleideter Menschen zeigten. Leise Musik und Stimmengewirr drangen vom oberen Stockwerk herunter.
Marie tippte auf einen Gebäudeplan an der Wand. »Die Bibliothek liegt im ersten Stock. Kommt!«
Kim sah sich den Plan kurz an. »Sind das viele Räume! Von außen sieht das Schlösschen gar nicht so groß aus.«
Die breite Holztreppe knarrte unter ihren Füßen, als sie sich nach oben begaben. »Toll, dass es noch geklappt hat«, sagte Franzi.
Marie raffte ihren Vampirumhang. »Das war überhaupt kein Problem. Steffi Meyer, die Leiterin der Stadtbibliothek, freut sich sehr, dass ihr euch für die Lesenacht interessiert!« Sie grinste. »Ihr seht als Elfen übrigens echt süß aus!«
»Danke!« Franzi zupfte an den spitz zulaufenden Latexohren, die neben ihren kurzen Zöpfen hervorlugten. »Minimaler Aufwand – maximale Wirkung. So mag ich das!«
Als sie die Bibliothek betraten, blieb Kim der Mund offen stehen. Die hohen Wände waren bis zur Decke mit Regalen aus dunklem Holz bedeckt, in denen tausende von Büchern in allen möglichen Größen und Farben standen.
Die meisten Teilnehmerinnen der Lesenacht waren schon da. Kim zählte zehn Mädchen. Fast alle waren verkleidet. Es gab fünf Waldelfen in zartgrünen, wallenden Gewändern,

zwei kleine Hexen und ein Vampir-Zwillingspaar. Ein dunkelhaariges, vielleicht vierzehnjähriges Mädchen lief mit einem Tablett herum und verteilte Gläser, in denen sich ein leuchtend pinkfarbenes Getränk befand. Die Leiterin der Stadtbibliothek betrat den Saal und lächelte die Mädchen an.

»Ich begrüße euch ganz herzlich zur ersten großen Lesenacht für Mädchen. Wir freuen uns sehr, dass die Geschäftsführung des Wasserschlösschens uns dafür diese tolle alte Bibliothek zur Verfügung gestellt hat! Wir stärken uns jetzt erst mal mit ein paar Hexenkeksen und einem magischen Feentrunk und dann geht es los!« Sie nickte den drei !!! zu. »Wir haben eine tolle Vorleserin gewinnen können: Marie Grevenbroich. Doch bevor sie uns vorliest, werden wir eine kleine Schnitzeljagd veranstalten und in vier Gruppen nach den Ringen der Feen-Gilde suchen! Die Teams werden gleich ausgelost!«

Ein Raunen ging durch den Raum.

Das dunkelhaarige Mädchen kam zu den drei !!! und sie nahmen sich drei Gläser vom Tablett. »Das sieht cool aus!«, stellte Kim fest und nahm einen Schluck. »Und es schmeckt supergut. Was ist das?«

»Das ist ein Feentrunk«, antwortete das Mädchen. »Also, eigentlich eine Art Milchshake. Er ist ganz leicht selbst zu machen!« Während sie weiterlief, rief sie über die Schulter: »Da drüben liegt übrigens das Rezept aus.«

Zauberhafter Feentrunk!

Du brauchst für vier große Gläser:

- 500 g Himbeeren (tiefgekühlt oder frisch)
- 500 g weißen Joghurt
- 250 ml Orangensaft
- Vanillezucker

Die Himbeeren mit dem Joghurt im Mixer oder mit einem Pürierstab zu einer cremigen Masse verrühren. Orangensaft untermischen. Nach Belieben mit Vanillezucker süßen. Eiskalt servieren und genießen!

Franzi faltete den Zettel mit dem Rezept und steckte ihn in ihre Hosentasche. »Ich glaube, ich weiß schon, was es bei unserem nächsten Detektivtreffen gibt!«

Während sie sich mit Hexenkeksen und Feentrunk stärkten, kam Steffi Meyer vorbei und hielt Kim einen kleinen Stoffbeutel hin. »Einmal hineingreifen bitte!«

Kim hob verwundert die Augenbrauen, griff aber zu. Es knisterte und sie fühlte etwas Rundes zwischen ihren Fingern. Als sie ihre Hand wieder herausgezogen hatte, hielt sie ein grünes Bonbon darin.

»Aber nicht gleich aufessen!«, rief Frau Meyer und lächelte. »In dem Säckchen sind grüne, gelbe, rote und blaue Bonbons. Jeweils genau vier Stück. Die Mädchen, die die gleiche Bonbonfarbe gezogen haben, bilden eine Gruppe.«

Die drei !!! nickten. Marie und Franzi zogen ebenfalls ein Bonbon aus dem Beutel.

»Grün!«, rief Franzi.

Marie hielt grinsend ihr Bonbon hoch. Es war ebenfalls grün. »Das ist ja lustig. Wir sind in einer Gruppe!«

»Zufälle gibt's«, stellte Frau Meyer fest. »Ich glaube, Antonia hat auch Grün gezogen.« Sie deutete mit dem Kinn zu dem dunkelhaarigen Mädchen, das die Getränke verteilt hatte. »Am besten, ihr geht gleich mal zu ihr hin.«

Mittlerweile war es ziemlich turbulent geworden. Die anderen Mädchen suchten ebenfalls ihre Gruppen und liefen hin und her, während sie ihre Farben ausriefen.

Die drei !!! drängten sich zu Antonia rüber. Marie tippte ihr auf die Schulter. Antonia sah verwirrt von ihrem Handy auf. »Hi!«, sagte Marie und stellte sich, Kim und Franzi kurz vor.

»Hast du auch ein grünes Bonbon erwischt?«, fragte sie.
Antonia zog eine Augenbraue hoch. »Ähm, weiß nicht.« Sie griff in ihre Hosentasche und holte ein Bonbon heraus. Es war tatsächlich grün.
»Ich habe gar nicht darauf geachtet«, murmelte das Mädchen. »Denn eigentlich wollte ich gar nicht mitmachen.« Sie zuckte mit den Schultern. »Tut mir leid.«
Franzi sah Antonia irritiert an. »Aber warum denn nicht?«
Das Mädchen seufzte. »Meine Mutter hat mich gebeten, ihr heute zu helfen. Getränke und Essen verteilen und ein bisschen vorlesen. Aber dass ich bei der Schnitzeljagd teilnehmen muss, war nicht ausgemacht.«
»Die Bibliotheks-Leiterin ist deine Mutter?«, fragte Kim.
Antonia nickte schweigend.
»Das ist bestimmt nicht einfach.« Kim verdrehte die Augen. »Meine Mutter ist Lehrerin. Sie verlangt immer von mir, dass ich ihr bei ihren Schulbasaren und solchen Sachen helfe. Damit aus mir ein *sozial verantwortlicher* Mensch wird.« Kim verschränkte die Arme vor der Brust. »Das finde ich total in Ordnung. Aber ich will mir schon selbst aussuchen, wo ich helfe.«
Plötzlich stand Steffi Meyer vor ihnen und hielt Kim einen grünen Briefumschlag vor die Nase. »Das ist eure erste Spur. Viel Erfolg!«
Sie zwinkerte ihnen zu und rauschte weiter zur nächsten Gruppe.
Antonia seufzte. »Na gut, dann legen wir mal los.«
Kim riss den Umschlag auf und zog einen Briefbogen heraus.

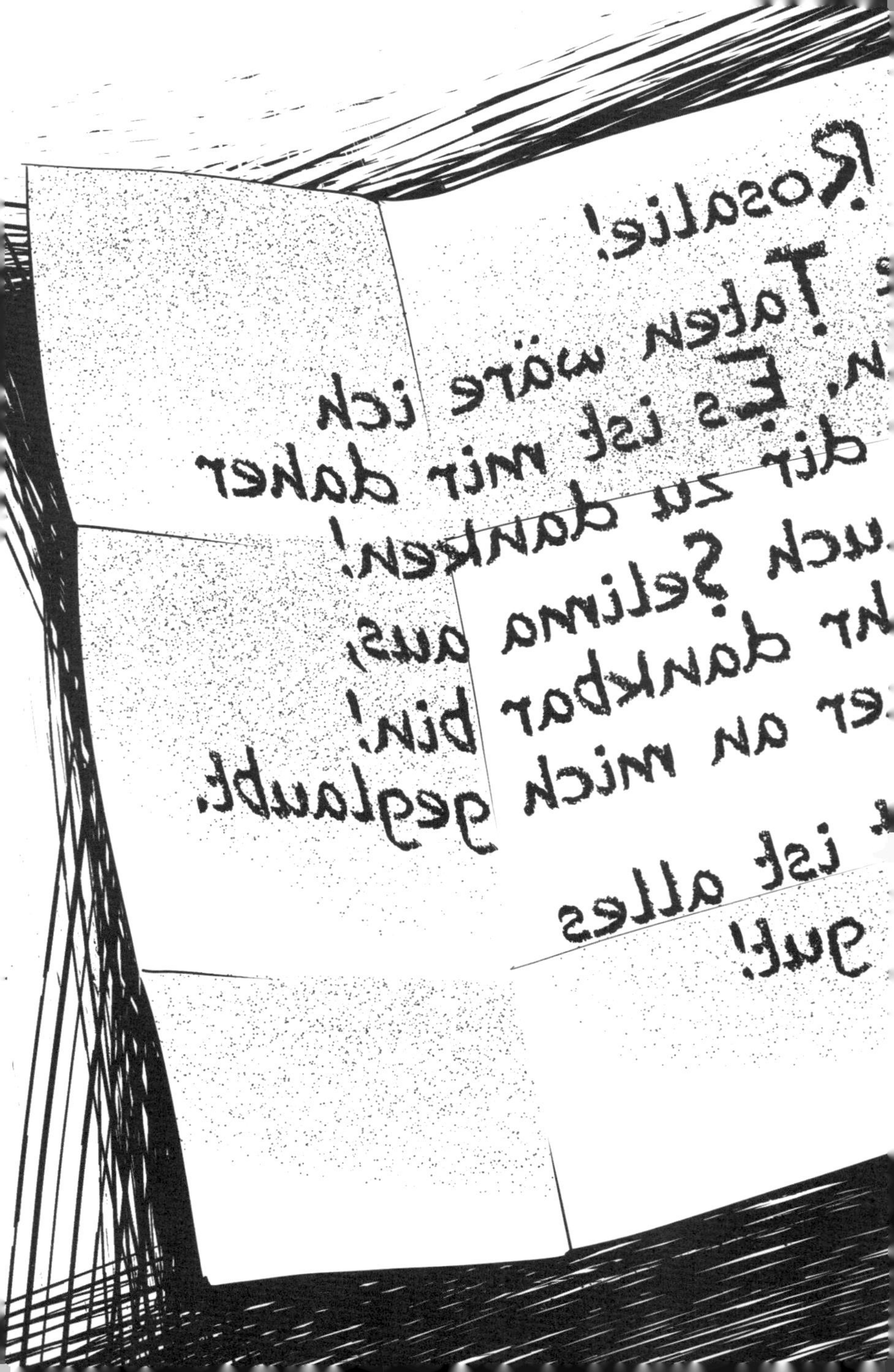
Rosalie!
Taten wäre ich
Es ist mir daher
dir zu danken!
Selima aus,
dankbar bin!
an mich geglaubt.
ist alles
gut!

Kim begann zu lesen: »Ro…sa…lie! Ohne … eure … Tanten … Quatsch: *Taten* … wäre …« Sie rieb sich die Augen und murmelte: »Spiegelschrift ist echt anstrengend!«

»Warte!«, sagte Marie. Sie zog einen kleinen Taschenspiegel hervor und hielt ihn senkrecht auf den Brief. »Damit geht es leichter.« Sie las vor:

»*Rosalie! Ohne eure Taten wäre ich verloren gewesen. Es ist mir daher sehr wichtig, dir zu danken! Richte bitte auch Selima aus, dass ich ihr sehr dankbar bin! Außer euch hat keiner an mich geglaubt. Aber jetzt ist alles wieder gut! Lara.*«

Franzi runzelte die Stirn. »Was soll das denn heißen?«

»Vielleicht geben die Namen einen Hinweis«, sagte Marie.

»Rosalie, Selima und Lara.« Kim zuckte mit den Schultern. »Das sagt mir auf Anhieb erst mal nichts. Euch?«

Marie und Franzi schüttelten die Köpfe. Antonia reagierte nicht. Sie tippte auf ihrem Handy.

Kim räusperte sich. »He, Antonia! Hilf doch mal mit!«

Das Mädchen seufzte und steckte das Handy weg. Sie sah auf den Brief. Dann stutzte sie. »Einige Buchstaben sind durch Punkte hervorgehoben.«

»Stimmt!« Kim tippte auf die entsprechenden Schriftzeichen: »R, O, T, E, R, S, A, noch ein A und ein L.«

Marie kramte kurz in ihrem Matchsack und zog einen Kajalstift hervor. »Wiederhol das mal!«

Während Kim die Buchstaben erneut vorlas, kritzelte Marie auf ihrem Arm mit. Eine Weile starrten die Mädchen darauf. Plötzlich sagte Antonia: »Das heißt: *Roter Saal.*«

Kim nickte langsam. »Ja, das könnte es sein. Auf dem Plan in der Eingangshalle ist jedenfalls ein *Roter Saal* eingezeichnet.«

»Respekt«, sagte Franzi. »Du hast wirklich ein fotografisches Gedächtnis! Weißt du auch noch, wo der Saal liegt?«
»Ich glaube schon. Wir müssen zum hinteren Trakt des Schlösschens. Hier muss irgendwo eine Tür zu einem weiteren Treppenhaus sein.« Sie sah sich um. »Genau! Dahinten, neben dem Aufgang zur Empore mit den beiden Löwenköpfen. Kommt!«
Die anderen folgten Kim quer durch den Raum.
Sie drückte die Klinke und die Tür schwang auf. Kim nickte zufrieden. »Hier ist ein weiterer Gang!«
Sie liefen an zahllosen geschlossenen Türen vorbei. Schließlich blieb Kim stehen. »Hier ist es.« Sie tippte auf das Schild an der Wand neben der Tür. »*Roter Saal*!«
»Wow!«, rief Marie, nachdem sie den Raum betreten hatte. Ein dicker, blutroter Teppich dämpfte den Klang ihrer Schritte. Das gleiche Rot wiederholte sich an den Wänden mit den gemusterten Stofftapeten, im Bezug der Sitzgruppe in der Mitte des Raums sowie in den schweren Samtvorhängen an den Fenstern. Ein riesiger Kronleuchter hing von der Decke herab. Seine Kristalle funkelten im Licht der einfallenden Sonnenstrahlen. Kims Blick fiel zum Fenster. Die Silhouetten einiger knorriger Eichen zeichneten sich im Garten ab. Dazwischen waren kantige Gebilde zu sehen. Kim stellte mit Schaudern fest, dass es sich um Grabsteine handelte.
»Seht mal!«, rief Franzi plötzlich. Sie lief zu dem kleinen Tischchen bei der Sitzgruppe und deutete auf einen silbernen Kerzenständer. »Da hängt etwas dran!«

0
3
1
2
5
6
Open
9

4
8
Close
Findet das Bild,
und alles Weitere
findet sich …

Antonia betrachtete das Bild mit dem geflügelten Tier. »Das ist ein Greif!« Ihre Augen begannen zu leuchten. »Genauer gesagt: ein Fischgreif. Er ist dem herkömmlichen Greifenvogel, einem Zwitterwesen aus Adler und Löwe, haushoch überlegen. Der zusätzliche Fischschwanz erlaubt es ihm nämlich, seinen Flug besser zu kontrollieren. Da können gerade noch die Hippogreife mithalten. Allerdings sind die charakterlich nicht so toll.« Antonia lächelte. »Fischgreife sind immer freundlich und dankbar. Die Hippogreife dagegen sind äußerst schwierig im Umgang. Die töten jeden, der in ihre Nähe kommt und sich nicht vor ihnen verbeugt.«
Die drei !!! warfen sich einen irritierten Blick zu. Kim räusperte sich. »Du interessierst dich für, ähm, Greife?«
Antonia nickte begeistert. »Ich rette sie! Ich leite die Auffangstation für verletzte Fabeltiere in der Kristallhöhle.«
Kim, Franzi und Marie blieb der Mund offen stehen.
Antonia lächelte unsicher. »Kennt ihr *Super Games of Magic* nicht?«
Jetzt verstand Kim. »Du meinst dieses Online-Fantasy-Spiel?«
»Genau!« Auf einmal strahlte Antonia über das ganze Gesicht. »Ich bin jeden Tag mindestens zwei Stunden online. Mittlerweile bin ich Helfer-Elfe mit fünffacher Heilungskraft und habe die Lizenz zum Greifenstreicheln.«
Kim nickte. »Ich wollte mir das auch schon mal anschauen, bin aber noch nicht dazu gekommen.«
Franzi räusperte sich und wedelte mit dem Foto. »Wollen wir jetzt nicht einfach mal mit der Schnitzeljagd weitermachen und das Bild suchen?«

»Klar!«, riefen Antonia und Kim wie aus einem Mund. Antonia lief zur Tür. »Kommt! Ich weiß, wo der Greif ist. Unten im Treppenhaus. Er ist mir beim Reinkommen sofort aufgefallen!«

Kim pfiff durch die Zähne. »Da sind so viele Gemälde, ich hätte jetzt nicht sagen können, ob der Greif dabei ist.«

Tatsächlich hing das Bild ganz in der Nähe der Treppe zwischen zwei großen Landschaftsbildern.

»Seht mal!«, rief Antonia. »Unten rechts steckt etwas hinter dem Rahmen!«

Kim hob das Bild vorsichtig ein Stück an und sah dahinter. Ein grüner Umschlag fiel zu Boden. Marie hob ihn auf. »Volltreffer! Hier steht bestimmt drin, wo wir den Tresor finden.« Sie zog einen Bogen Papier aus dem Umschlag.

Kim grinste. »Den Tresor haben wir bereits gefunden!« Sie nahm das Bild ganz von der Wand ab. Die Tür eines Wandtresors mit Zahlenschloss wurde sichtbar. »Leider ist er zu.«

Marie nickte und wedelte mit dem Briefbogen. »Hier steht, dass nur noch eine Ziffer eingestellt werden muss. Dann geht er auf.« Sie überflog den Text noch einmal. »Wir sollen das Foto von dem Bild mit dem Original vergleichen. Es gibt scheinbar ein paar Unterschiede. Die Anzahl der unterschiedlichen Dinge entspricht der einen Ziffer, die wir für das Schloss noch brauchen.«

Kim nickte Antonia zu. »Deine Mutter hat sich ganz schön was einfallen lassen für diese Schnitzeljagd, nicht schlecht!« Sie stellte das Gemälde gegen die Wand und hielt das Foto daneben. »Dann wollen wir mal!«

»Also, ich fasse zusammen.« Kim räusperte sich. »Erstens: An der vom Betrachter aus gesehen linken Greifenklaue fehlt eine Kralle. Zweitens: Es gibt nur sieben statt acht Schuppen am Schwanz. Drittens: Der Greif hat im Original einen Dorn auf dem Schnabel. Viertens: Im Hintergrund ist der Mond nicht zu sehen.«

Franzi, Marie und Antonia nickten.

»Wir müssen also die Vier einstellen.« Kim trat vor den Tresor und drehte das Zahlenrad. Es knackte und surrte leise. Dann wurde es still.

Kim tippte die Tür an. »Also, das verstehe ich nicht. Sie hat sich nicht geöffnet.«

»Was ist los?«, fragte Antonia. Sie sah Kim über die Schulter und betrachtete die Tresortür. »Die Zahl war bestimmt richtig! Vielleicht klemmt etwas?« Sie klopfte auf das Zahlenschloss. Dann runzelte sie die Stirn. »Aha! Ich glaube, man muss dran ziehen.«

Vorsichtig umfasste Antonia das Schloss und zog. Der Zylinder rutschte ein Stück nach vorne, es knackte erneut – und die Tür sprang auf!

Die Mädchen klatschten sich ab. Auch Antonia schien die Schnitzeljagd jetzt Spaß zu machen. Gespannt spähte sie mit den drei !!! zusammen in den Tresor.

»Hier liegt etwas!« Franzi stellte sich auf die Zehenspitzen und griff hinein. Sie zog ein Blatt heraus und betrachtete es. »Da ist ein merkwürdiges Bild drauf und ein Text.« Sie las vor: *»Dies ist der große Wächter der Ringe! Findet ihn und senkt euren Blick vor ihm!«*

Die Mädchen betrachteten das Bild.

»Das soll der große Wächter sein?«, fragte Franzi. »Sieht aus wie eine große Amöbe. Oder ist das vielleicht schon wieder irgendein Fabelwesen, Antonia?«
»Ich weiß nicht. So etwas habe ich noch nie gesehen.« Antonia kratzte sich an der Nase. »Weder bei *Super Games of Magic* noch bei anderen Spielen. Ich müsste mal auf der Fabelwesen-Wiki nachlesen, ob …«
»Wartet«, unterbrach Franzi sie. Sie sah gerade erneut im Tresor nach. »Dahinten ist noch etwas. Hat jemand eine Taschenlampe?«
Marie nickte und zog an der silbernen Kette, die sie um den Hals trug. Eine schmale Stiftlampe kam zum Vorschein. Franzi leuchtete in den Tresor hinein. Im selben Moment gab es einen grellen Blitz und die Mädchen schrien auf. Franzi ließ die Lampe fallen und taumelte geblendet zurück.
»Verdammt, was war das denn?« Sie rieb sich die Augen.
»Irgendetwas dadrin hat das Licht reflektiert.« Kim hob die Taschenlampe auf. Sie funktionierte zum Glück immer noch. Vorsichtig blendete Kim den Strahl der Lampe ab und leuchtete die Seitenwand des Tresors an. Wieder blitzte etwas kurz auf, aber dieses Mal waren die Mädchen vorbereitet. Kim kniff die Augen zusammen und fasste in den Tresor. Sie zog eine dünne silberne Folie heraus. Sie war ungefähr so groß wie Kims Hand.
»Eine Amöbe und eine Spiegelfolie«, murmelte Kim. »Was sollen wir damit anfangen?«

Dies ist der große
Findet ihn und senkt

Wächter der Ringe!
euren Blick vor ihm!

Kim starrte das Spiegelbild auf der Folie an. Ihr Gesicht war leicht verzerrt und erinnerte sie entfernt an einen Kürbis. Sie bog die Folie stärker. Ihr Spiegelgesicht wurde breiter und breiter. Kim grinste. Plötzlich stutzte sie. Dann tippte sie auf die Abbildung. »Das ist keine Amöbe, das ist eine *Anamorphose*!«
»Ana*was*?«, fragte Franzi. »Ist das noch ein Fabeltier oder gibt es das in echt?«
»Weder noch«, antwortete Kim. Sie rollte die Spiegelfolie zu einem Zylinder. »Hast du mal zwei Haarspangen für mich, Marie?«
Marie sah Kim verständnislos an, begann aber sofort in ihrem Matchbeutel zu kramen. Zwei Sekunden später gab sie Kim die Klammern. »Hier. Was hast du vor?«
»Wartet ab!«, murmelte Kim. Sie befestigte die Nadeln oben und unten an der gerollten Spiegelfolie, sodass der Zylinder stabil blieb. »Noch besser wäre es, wenn wir jetzt eine leere Klopapierrolle hätten, um die Folie damit zu stabilisieren. Aber so müsste es auch gehen.«
»Jetzt mach es doch nicht so spannend«, murrte Franzi. Sie trat ungeduldig von einem Fuß auf den anderen.
Kim stellte den Spiegelzylinder vor das Bild, schob ihn ein wenig herum und betrachtete die Spiegelung. »Ich hab's geahnt!« Sie hob das Blatt mit dem Zylinder darauf hoch, sodass die anderen das Spiegelbild sehen konnten. »Eine Anamorphose! Oder auch: *Zerrbild*. Die Zeichnung ist so verzerrt worden, dass man nur schwer erkennen kann, was sie darstellen soll. Erst wenn man sie in einem gebogenen Spiegel betrachtet, wird das Bild sichtbar.«

Franzi beugte sich neugierig vor. »Das ist ein Löwenkopf!«
»Woher wusstest du, dass das so funktioniert?«, fragte Marie.
»Ich war mal in einem Spiegelkabinett, in dem alle möglichen optischen Phänomene ausgestellt waren.« Kim stand auf. »Also nicht nur diese großen Verzerrspiegel, in denen man dick oder dünn aussieht, sondern auch kleinere Sachen. Und da war so ein Zylinder dabei. Es gab mehrere Bilder, die man damit sichtbar machen konnte. Sogar Buchstaben!«
»Wahnsinn!«, rief Marie. »Antonia, deine Mutter hat sich echt Mühe gegeben!«
Antonia grinste. »Bestimmt hat sie meinen Vater das machen lassen. Der liebt Tüfteleien.« Sie verschränkte die Arme vor der Brust. »Und jetzt sollten wir endlich unsere Feen-Ringe holen.«
Kim nickte. »Dann los!« Sie lief mit Antonia zielstrebig die Treppe hoch.
»Wo geht ihr hin?«, fragte Franzi verwirrt.
Die beiden Mädchen blieben stehen und sahen über die Schulter zurück. »In die Bibliothek!«, riefen sie wie aus einem Mund.
Marie machte große Augen. »Woher wollt ihr wissen, dass die Ringe dort sind?«
»Der Wächter ist ein Löwe!«, rief Kim. »Erinnert ihr euch nicht mehr …?«
»Na klar! Die beiden Löwenköpfe in der Bibliothek!« Marie schlug sich vor die Stirn. »An der Treppe zur Empore. Da hatte ich überhaupt nicht mehr dran gedacht!«

Die Bibliothek lag still und verlassen da.
»Wo stecken eigentlich die anderen?«, fragte Franzi.
Kim deutete zum Fenster. »Ein paar Mädchen waten da draußen gerade durch das Becken vom Springbrunnen.« Sie grinste Antonia an. »Deine Mutter hat vielleicht Ideen!«
Das Mädchen runzelte die Stirn. »Sie legt viel Wert auf, ähm, *Spiel und Spaß* im Freien. Deshalb findet sie es überhaupt nicht gut, dass ich so viel Zeit mit meinen Games und den Fantasy-Büchern verbringe.« Sie seufzte. »Sie versteht mich einfach nicht.«
Kim klopfte Antonia auf die Schulter. »Die meisten Eltern sind von einem anderen Stern.«
Antonia tippte sich nachdenklich an die Nase. »Manchmal glaube ich eher, dass *ich* von einer anderen *Galaxie* bin.«
Kim sah Antonia verwundert an. »Wieso das denn?«
»Kommt ihr endlich?«, rief Franzi dazwischen. Sie stand mit Marie bei den Löwenköpfen am Aufgang der Empore und winkte ungeduldig. »Wir haben beide Köpfe untersucht«, rief sie. »Da ist nichts!«
Marie nickte. »Vielleicht gibt es irgendwo noch einen anderen Löwen?«
Kim lief zur Treppe und fasste erst vorsichtig in das eine Löwenmaul, dann in das andere. »Mist, da ist tatsächlich nichts drin!« Kim sah ihre Freundinnen ratlos an.
Antonia trat neben die drei !!!. »Senkt euren Blick!«, sagte sie plötzlich.
»Wie bitte?« Kim sah das Mädchen entgeistert an. Dann aber wurde ihr klar, was Antonia meinte. »Der Text, der über dem Zerrbild steht! Klar!« Sofort sah Kim vor den

Löwen auf den Boden. Die Statuen waren jeweils auf einer Holzsäule montiert, die auf der ersten Treppe verankert war. Sie untersuchte die rechte Säule, während Franzi und Marie die linke in Augenschein nahmen.

»Ich hab was!«, rief Marie plötzlich. Sie hielt ein kleines Säckchen aus schwarzem Samt hoch, an dem ein Kärtchen befestigt war. »Das lag im Spalt zwischen der Treppe und der Säule!«

Franzi nahm die Karte und las vor: »*Herzlichen Glückwunsch! Ihr habt euch eure Feen-Ringe wirklich verdient! Tragt sie voller Stolz!*«

»Das ist ja nett!«, sagte Marie. Sie öffnete das Säckchen und ließ den Inhalt in ihre Hand gleiten. Es waren vier Ringe mit jeweils einem kleinen ovalen, grün funkelnden Glasstein.

»Das war eine echt gelungene Schnitzeljagd!«, sagte Kim.

Die Mädchen steckten sich die Ringe an die Finger.

Kim sah auf die Uhr. »Wir haben noch fast eine Stunde Zeit bis zur Lesenacht. Sollen wir uns das Schlösschen mal etwas genauer ansehen?«

Marie und Antonia nickten. Nur Franzi reagierte nicht. Sie kniete neben einer der Säulen und betrachtete interessiert den Boden vor einem der Regale.

Kim grinste. »Was ist? Hast du schon wieder eine geheime Falltür entdeckt?«

Franzi antwortete nicht. Sie sprang auf und lief ein paar Schritte weiter weg. Dabei haftete ihr Blick immer noch auf dem Boden. Dann murmelte sie: »Ist euch das denn nicht aufgefallen?«

»Was?«, fragten Kim, Marie und Antonia gleichzeitig.

»Der Boden ist verkratzt!«, sagte Franzi. Sie kam zum Regal zurück und strich mit der Hand prüfend über das Parkett. »Das sieht sehr merkwürdig aus. Wie eine Schleifspur, die sich ins Holz eingegraben hat.«

»Du hast recht!« Kim kniff die Augen zusammen. »Hier muss etwas längere Zeit regelmäßig entlanggezogen worden sein.«

»Und zwar exakt an der gleichen Stelle«, sagte Marie. »Das sieht ja aus wie mit dem Zirkel gezeichnet. Es ist ein perfekter Viertelkreis. Wie kann das sein?« Sie betrachtete nachdenklich die Bücherregale, vor denen die Spur verlief.

Plötzlich sagte Antonia: »Schaut mal! Ist euch das aufgefallen? Die Fuge zwischen diesen beiden Regalen ist breiter als zwischen den anderen.«

»Das habe ich mir gerade auch gedacht«, antwortete Kim. Sie ging näher heran. Antonia folgte ihr. »Wisst ihr, was ich glaube?«, sagte sie aufgeregt.

Franzi nickte. »Wahrscheinlich das Gleiche, was ich auch glaube: Dieses Regal hat die Spuren hinterlassen. Man kann es bewegen! Und das bedeutet …«

»Dass wir gerade vor einer als Bücherregal getarnten Tür stehen«, vervollständigte Marie ihren Satz. »Das ist ja noch tausendmal spannender als die Schnitzeljagd eben. Ein echtes geheimes Versteck!«

»Das müssen wir unbedingt untersuchen«, sagte Franzi und drückte vorsichtig gegen das Bücherregal. »Ich will wissen, was dahinter ist!«

»Sei vorsichtig«, murmelte Kim. »Ich glaube, das sind ziemlich wertvolle alte Bücher.«

»Ja, ja«, raunte Franzi. »Ich passe schon auf.« Sie drückte und zog weiter an dem Regal. Aber nichts tat sich.
Antonia räumte vorsichtig einige Bücher zur Seite. »Hier ist ein Riegel in der Rückwand!«, flüsterte sie aufgeregt. Sie schob ihn mit einiger Kraftanstrengung zurück. Es knarrte und das Regal bewegte sich. Vorsichtig zogen sie gemeinsam weiter. Das Regal schwang ganz auf und gab die Sicht auf eine winzige Kammer frei.
Die Mädchen hielten den Atem an. Sie traten einen Schritt vor. Der Raum war fensterlos, weiß gestrichen, und bis auf ein hohes Tischchen und zwei schmale Stühle leer. Eine abgebrannte Kerze stand auf dem Tisch. Daneben lag eine vertrocknete Rose und ein zusammengerolltes Pergamentpapier, das von einem rosa Seidenband zusammengehalten wurde. Alles war mit einer dünnen Staubschicht bedeckt.
»Das gibt's doch nicht«, hauchte Marie. »Wir haben einen Geheimraum gefunden!«
»Wofür wurde der wohl gebraucht?«, fragte Franzi.
Kim zuckte mit den Schultern. »Als Versteck für Leute, die sich verbergen mussten, als Schatzkammer für besonders wertvolle Bücher oder andere Dinge … keine Ahnung.« Sie machte einen Schritt in den Raum und griff vorsichtig nach der Pergamentrolle. »Vielleicht erfahren wir gleich mehr!«
Kim pustete den Staub von der Rolle und löste die Schleife. Behutsam entrollte sie das brüchige Papier.

Es schmerzt, Dein Schweigen.

Ich will bei Dir verweilen

und die Wunden heilen.

Ein großes Wunder soll uns ereilen.

Lass uns in Liebe teilen.

Was, steht zwischen den Zeilen.

Kim schluckte. »Das klingt aber traurig. Wer das wohl geschrieben hat?«
»Auf jeden Fall jemand, der einen anderen Menschen sehr liebt und sich Sorgen um ihn macht.« Marie betrachtete nachdenklich die getrocknete Rose.
Antonia nickte. »Hier hat sich bestimmt vor langer Zeit ein Liebespaar heimlich getroffen. Und eines Tages hat der eine auf den anderen gewartet, aber er ist nicht gekommen. Deshalb hat er die Botschaft hinterlassen.«
Franzi seufzte. »Der Brief ist offensichtlich nie gelesen worden.«
»Was da wohl passiert ist?«, murmelte Antonia. »Und was wollte der Verfasser mit seinen Worten sagen? Das ist ganz schön spannend. Besser als jedes Fantasy-Spiel!«
»Sagt mal, riecht ihr das auch?«, fragte Kim plötzlich.
»Was?« Franzi schnupperte in die Luft. »Ich rieche nichts.«
Kim schüttelte den Kopf. »Doch! Da ist ein Zitronenduft in der Luft.«
Sie schnupperte an dem Pergament und zog augenblicklich die Augenbrauen hoch. »Das kommt von dem Papier!«
Antonia roch ebenfalls an der Rolle. »Eindeutig!« Sie lächelte. »Wahrscheinlich hat eine Frau den Brief geschrieben und ihn anschließend mit ihrem Parfüm besprüht!«
Kim hielt das Pergament gegen das Licht. Plötzlich zuckte sie zusammen. »Leute, zwischen den Zeilen des Gedichts sind so komisch glänzende Stellen.«
»Zeig mal!«, sagte Marie.
Kim gab ihr das Pergament.
»Tatsächlich!« Marie hatte plötzlich rote Wangen. »Das sieht

doch ganz danach aus, als ob hier noch ein Text vorhanden ist. Einer, der mit unsichtbarer Tinte zwischen die Zeilen geschrieben wurde. Besser gesagt, mit …«

»Zitronensaft!«, vervollständigte Kim Maries Satz.

»Ein großes Wunder soll uns ereilen, es steht *zwischen den Zeilen*!«, wiederholte Antonia. Ihre Augen begannen zu leuchten. »Das ist ein Hinweis!« Sie deutete zum Kerzenstumpf. »Ich glaube, man kann diese Zitronenschrift sichtbar machen, indem man das Papier über einer Kerze erwärmt!«

Kim nickte zögerlich. »Das steht in einigen Detektivratgebern. Aber ich habe schlechte Erfahrungen damit gemacht. Du glaubst nicht, wie schnell das Papier über einer offenen Flamme abfackelt. Besser ist ein Haarföhn oder ein Toaster.«

»Im Erdgeschoss gibt es eine kleine Teeküche«, sagte Antonia. »Da habe ich einen Toaster gesehen. Kommt!«

Die drei !!! folgten Antonia, die zum Treppenhaus eilte und die Stufen hinabsprang. In der Teeküche drängten sich die Mädchen um den Toaster. Kim stellte den Regler auf die höchste Stufe und drückte den Einschaltknopf. Vorsichtig bewegte sie das Pergament über den Toasterschlitzen. »Man muss aufpassen, dass die Hitze gleichmäßig verteilt wird«, murmelte Kim.

Antonia sah Kim neugierig an. »Woher weißt du das alles?«

»Ähm, also …« Kim warf Franzi und Marie einen Blick zu. Sie wusste im Moment nicht, ob sie verraten sollte, dass sie Detektivinnen waren. Im Allgemeinen zogen sie es vor, den Detektivclub geheim zu halten.

»Seht mal!«, rief Antonia plötzlich aufgeregt. »Da erscheint eine Schrift!«

Du hast meinen Hinweis verstanden
und diese Botschaft entdeckt!

Es schmerzt, Dein Schweigen.

Nun geht es weiter! Denn Du bist auserkoren,
meinen Schatz zu finden! Er befindet sich

Ich will bei Dir verweilen

in meiner Stadtvilla in der Marktstraße.
Der Weg führt über den Friedhof bei den Eichen,

und die Wunden heilen.

in dem das Grab meiner geliebten Schwester liegt.
Wenn du die Jahre nimmst,

Ein großes Wunder soll uns ereilen.

die meine Schwester alt werden durfte,
erfährst du die Hausnummer.

Lass uns in Liebe teilen.

In meinem Schlafzimmer weist dir der Faun
den Weg (wenn er sich verbeugt).

Was, steht zwischen den Zeilen.

Amina von Stetten, genannt „Die Magierin“, 11. Juli 1905

»Oh, ein versteckter Schatz!«, rief Kim. »Das hatte ich nicht erwartet. Ich dachte, es geht um Liebe und so.« Mittlerweile waren die vier Mädchen wieder in die geheime Kammer zurückgekehrt.

»Das hier ist doch noch viel besser!« Franzi stemmte die Hände in die Seiten. »Gerade eben haben wir noch Schnitzeljagd gespielt – und jetzt stecken wir mittendrin in einer echten Schatzsuche!« Sie pustete sich eine Haarsträhne aus der Stirn. »Das ist der Wahnsinn: Dieses Pergament hat über hundert Jahre hier gelegen. Und *wir* haben es gefunden!«

»*Amina von Stetten*«, sagte Marie mit roten Wangen. »Das klingt so vornehm. Bestimmt ist das eine adelige Dame, die ihren wertvollen Schmuck versteckt hat. Diamantcolliers, Rubinringe und goldene Armbänder!«

»Ja, vielleicht«, sagte Kim zögerlich. »Aber warum versteckt sie ihren Schatz nicht gleich hier? Das ist doch ein super getarnter Raum. Warum macht sie es so kompliziert?«

»Und warum heißt sie *Die Magierin*?«, murmelte Antonia.

»Schon kurz vor neun!«, rief Marie plötzlich. »Die anderen kommen gleich. Wir sollten das Regal wieder zurückschieben, damit die Sache unser Geheimnis bleibt.« Sie sah Antonia unsicher an. »Oder willst du deiner Mutter davon erzählen?«

Antonia schüttelte den Kopf. »Bestimmt nicht!«

Die Mädchen schlossen die Regaltür und schoben den Riegel wieder zu. Während Marie die Bücher zurückstellte, rollte Kim das Pergament zusammen und verstaute es vorsichtig in ihrem Rucksack. Sie seufzte. »Ich glaube, heute kommen wir nicht mehr dazu, das Grab zu suchen. Die Lesung fängt gleich an und danach ist es zu spät.«

Antonia zuckte zusammen. »Ich habe die Bücher, aus denen wir vorlesen sollen, noch in meiner Tasche. Und die ist in der Teeküche.« Sie lief zur Tür. »Bin gleich wieder da!«

»Warte, ich komme mit!«, rief Marie und rannte hinterher. »Ich habe dort einen größeren Spiegel gesehen. Für die Lesung muss ich mich noch ein bisschen schminken.« Sie blieb kurz stehen und drehte sich zu Kim. »Die Suche nach dem Grab müssen wir eben auf morgen verschieben. Wir müssen sowieso erst noch herausbekommen, auf welchem Friedhof es liegt.«

Kim schüttelte den Kopf. »Amina von Stetten schreibt etwas von einem Friedhof *bei den Eichen*. Ich glaube, damit ist der kleine Friedhof hier im Garten gemeint. Ich habe ihn vom Roten Saal aus gesehen.«

Franzis Augen fingen an zu blitzen. »Stimmt, der ist mir vorhin auch aufgefallen. Am liebsten würde ich jetzt gleich nachsehen.«

Kim räusperte sich. »Okay, was haltet ihr davon, wenn Franzi und ich vor der Lesung schnell zum Friedhof gehen?«

Marie nickte. »Gute Idee. Macht das! Bis nachher dann!« Sie raffte ihren Vampirumhang und rannte los.

Fünf Minuten später standen Kim und Franzi im Dämmerlicht auf dem Friedhof. Die Äste der Bäume warfen gespenstische Schatten auf sieben Grabsteine. Die Inschriften waren stark verwittert und von dichtem Efeu bedeckt. Der Wind frischte auf. Als die Wolken den Mond für einen Moment freigaben, erhellte sein Schein einen der Grabsteine.

Franzi packte Kim am Arm.

Hier ruht unsere
geliebte Tochter,
Schwester und Gattin
Gesine Münster,
geb. von Stetten
*10. Mai 1871
+7. Februar 1901

»Das muss es sein«, flüsterte Kim. »Geborene *von Stetten*!«
Sie schwiegen eine Weile und lauschten dem Wind, der über die Gräber und durch die Äste strich.
»Dreißig!«, rief Kim plötzlich in die Stille hinein.
Franzi zuckte zusammen. »Erschreck mich doch nicht so!«
»Sorry, das wollte ich nicht. Ich habe nur gerade gerechnet.« Kim zog ihr Notizbuch aus dem Rucksack und kritzelte etwas hinein. »Gesine von Stetten wurde 30 Jahre alt. Es ist also die Hausnummer 30 in der Marktstraße.«
Franzi verdrehte die Augen. »Das hättest du ja auch leiser sagen können.« Sie grinste. »Trotzdem, super. Jetzt wissen wir, wo wir morgen hinmüssen!«
»Genau«, sagte Kim zufrieden. »Und jetzt lassen wir uns von Marie und Antonia Gruselgeschichten vorlesen!«

Die Lesenacht war bereits in vollem Gange, als Kim und Franzi sich leise in die Bibliothek schlichen. Steffi Meyer nickte ihnen freundlich zu, als sie sich zu den anderen Teilnehmerinnen auf den flauschigen Teppich in der Nähe des Fensters setzten. Es herrschte gespannte Stille. Marie las mit leiser, klarer Stimme. Ihre Vampirzähne blitzten im Licht der Leselampe und ihre rot geschminkten Lippen glänzten wie frisch mit Blut benetzt. Als Marie eine Stelle vorlas, in der ein Mädchen ihren Geliebten als Untoten in einem schwarzen Sarg im Keller fand, hätte man eine Stecknadel fallen hören können. Doch dann rutschte ihr plötzlich das Vampirgebiss aus dem Mund und die Mädchen brachen in schallendes Gelächter aus. Marie ließ sich nicht beirren, steckte die Zähne einfach in die Hosentasche und las voll-

kommen ruhig weiter. Das Publikum war sofort wieder in den Bann gezogen. Zwei Mädchen hielten sich sogar fest an den Händen und lauschten mit offenen Mündern.
Marie las wirklich gut. Sie wollte später Sängerin oder Schauspielerin werden, genau wie ihr Vater, der die Hauptrolle in einer beliebten Vorabendserie spielte. Man merkte deutlich, dass sie Schauspielunterricht nahm und ein regelmäßiges Sprechtraining absolvierte. Kim schloss die Augen und lauschte mit Spannung.

Am nächsten Tag trafen sich die drei !!! auf dem Marktplatz. Sie waren mit Antonia verabredet, um gemeinsam das Haus von Amina von Stetten aufzusuchen.
Marie biss ein Stück von ihrer Eiswaffel ab. »Meint ihr, Antonia kommt überhaupt?«, fragte sie nuschelnd. »Sie hat gestern ziemlich lange gezögert, bevor sie zugesagt hat.«
Kim zuckte mit den Schultern. »Sie hat mir erzählt, dass sie noch etwas Dringendes in der Kristallhöhle zu erledigen hat. Aber danach wollte sie kommen.«
»Wie bitte?« Franzi sah Kim irritiert an. »Was für eine Kristallhöhle?«
»Die in *Super Games of Magic*.«
»Schon wieder dieses Fantasy-Spiel.« Franzi schüttelte den Kopf. »Ich verstehe das nicht. Wie kann man stundenlang regungslos vor dem PC hocken und …«
»He!«, rief Marie plötzlich und sprang auf. »Das gibt's ja wohl nicht!«
Kim und Franzi sahen ihre Freundin erschrocken an. »Was ist los?«

Schnell erkannte Kim, was Marie so in Aufregung versetzt hatte: Antonia stand am Rand des Marktplatzes und wurde von zwei Mädchen bedrängt! Das eine, es hatte kurze blonde Haare, hielt Antonias Arm umklammert und redete auf sie ein. Das andere, rothaarige Mädchen nickte und grinste abfällig.

Kim stieß einen schrillen Pfiff aus. Marie und Franzi riefen laut: »Stopp!«

Die Mädchen sahen über die Schulter zu ihnen rüber. Die beiden waren ungefähr vierzehn, groß und schlank und trugen trendige Klamotten. »Was wollt ihr von Antonia?«, rief Franzi, während sie über den Platz rannte.

»Bleib mal gechillt«, zischte die Blonde. Sie ließ Antonias Arm los. Das andere Mädchen sah Franzi belustigt an und warf seine lockigen roten Haare nach hinten. Die großen goldenen Kreolen an ihren Ohren klimperten leise. »Haut ab!«, sagte sie. »Wir haben was mit dem *Alien* hier zu besprechen!«

»Nach einer Besprechung sieht das aber nicht aus«, stellte Kim fest. »Verschwindet einfach und lasst euch nicht mehr in Antonias Nähe blicken!«

»Seid ihr jetzt die Bodyguards von dem Alien, oder was?« Das blonde Mädchen lachte höhnisch auf. »Da fürchte ich mich aber.«

Kim verzog keine Miene. Stattdessen wiederholte sie mit eiskalter Stimme: »Verschwindet einfach!«

Die Mädchen sahen sich kurz an. Dann murmelte die Rothaarige: »Komm, Sandrine, das ist mir zu doof hier. Wir gehen shoppen.«

Das blonde Mädchen zögerte. Schließlich aber nickte es,

warf Antonia einen hasserfüllten Blick zu und zog mit seiner Freundin ab.
»Danke!«, murmelte Antonia.
»Kennst du die beiden?«, fragte Kim.
Antonia nickte. »Das sind Sandrine und Mara aus meiner Klasse. Die können mich nicht leiden.« Antonia schluckte. »Die meisten aus meiner Klasse wollen nichts mit mir zu tun haben. Kann ich auch verstehen.« Sie seufzte. »Die sehen alle so gut aus. Nur ich bin hässlich. Ich …«
»Bitte?«, unterbrach sie Franzi. »Was hast du eben gesagt?«
»Ich bin hässlich!« Antonia senkte den Blick. »Abgrundtief hässlich. Meine Nase ist eine Katastrophe. Wenn ich achtzehn bin, lasse ich sie mir operieren. Aber bis dahin muss ich es mit dieser verwachsenen Knolle aushalten.«
Die drei !!! sahen Antonia fassungslos an. Kim schüttelte den Kopf. »Das glaubst du nicht wirklich, oder? Du bist total hübsch! Und du hast eine echt niedliche Stupsnase!«
Marie und Franzi nickten heftig. »Deine Nase ist total süß!«, sagte Marie.
»Vergesst es.« Antonie schüttelte den Kopf. »Ich will nicht mehr drüber reden. Lasst uns lieber das Haus von Amina von Stetten suchen!« Sie lief los. Die drei !!! folgten ihr schweigend. Kim nahm sich fest vor, Antonia bei einer anderen Gelegenheit noch mal auf das Thema anzusprechen.
Sie bogen in die Marktstraße ein und liefen ein Stück auf der Seite mit den geraden Hausnummern entlang.
»24, 26, 28«, zählte Franzi laut. »Wir haben es bald geschafft.«
Dann blieb sie stehen und riss die Augen auf.

Nur 10 Meter entfernt!
Sonnenstudio
SUNNY BEACH
Akribisch karibisch – Bräunen mit Brise!
Sonnenbänke mit Frischluft-Ventilatoren!
Betreten der Baustelle verboten
Eltern haften für ihre Kinder!

Betreten verboten!
Absturz- und
Lebensgefahr

»Das kann doch nicht wahr sein«, rief Kim.
Franzi seufzte. »Ich fürchte, wir haben ein Problem.«
»So ein Mist!«, fluchte Marie. »Hier hat Amina von Stetten garantiert nicht gewohnt. Wahrscheinlich wurde ihr Haus abgerissen und dafür das Parkhaus hingestellt, das jetzt auch wieder abgerissen wird. Bestimmt ist der Schatz schon längst verloren gegangen.«
Antonia sah Kim zögerlich an. »Ihr seid wirklich sicher, dass es die Hausnummer 30 ist?«
»Natürlich. Aber du kannst ja selbst noch mal nachsehen.«
Kim zog ihr Notizbuch hervor und blätterte zu dem Eintrag mit den Daten vom Grabstein. »Hier: Geboren am 10. Mai 1871, gestorben am 7. Februar 1901. Also: 1901 minus 1871. Macht 30!«
Antonia runzelte die Stirn. »Der Sterbemonat liegt vor dem Geburtsmonat.« Sie überlegte kurz. Dann sagte sie: »Gesine von Stetten wurde keine 30 Jahre alt. Sie war 29, als sie starb!«
Kim lief rot an. »Ich fasse es nicht. Das habe ich nicht bedacht.«
Franzi klopfte ihr grinsend auf die Schulter. »Es beruhigt mich, dass auch du dich manchmal irrst!«
Marie lief zur gegenüberliegenden Straßenseite. »Die Nummer 29 muss ganz da hinten liegen. Wir müssen wieder zurück!«
Sie eilten in die Richtung, aus der sie gekommen waren. Minuten später erreichten sie eine imposante Stadtvilla mit einem breiten Treppenaufgang. Die Nummer 29 war in bronzenen Lettern an der Tür angebracht. Daneben hing eine Tafel. »Stadt-Galeriehaus von Stetten«, las Kim.

Marie nickte. »Perfekt! Das Haus ist jetzt eine öffentliche Galerie. Da kommen wir ganz leicht rein. Kommt!«
Sie wurden in der Eingangshalle von einem weißhaarigen Mann in dunklem Anzug freundlich begrüßt. »Das ist aber schön, dass ihr euch für Kunst interessiert!«, sagte er.
Marie strahlte ihn an. »Besonders für Architektur und ganz besonders für historische Zimmereinrichtungen!«
»Da seid ihr hier goldrichtig«, antwortete der Mann. »Diese Villa wurde genau so belassen, wie sie ihre damalige Besitzerin vor über hundert Jahren eingerichtet hat. Oben im ersten Stock, im Schlafzimmer, ist sogar noch die original handgewebte Motivtapete zu bewundern!«
»Die würden wir uns gerne als Erstes ansehen!«, sagte Marie.
»Nur zu!« Der Mann nickte. »Wenn ihr Fragen habt, kommt einfach. Der Eintritt ist heute übrigens frei.«
Die Mädchen tauschten einen heimlichen Blick. Das lief ja wie geschmiert. Sie sprangen die Treppe hinauf und fanden auf Anhieb das Schlafzimmer. Der Raum hatte hohe Fenster und war mit einem großen Himmelbett, einem altmodischen Nachttischchen und einem ausladenden Sessel ausgestattet. Von der Decke hing ein großer Kristallleuchter.
»Auf den ersten Blick kann ich hier keinen Faun entdecken«, sagte Marie. »Das wird nicht leicht.«
Sie begannen sich fieberhaft umzusehen. Nach einer Viertelstunde vergeblichen Suchens verschränkte Marie die Arme vor der Brust. »Leute, vielleicht ist dieser Faun ja gar nicht mehr da!«
»Doch, das ist er!« Antonia deutete lächelnd auf eine Stelle auf der Tapete.

»Du hast aber einen scharfen Blick«, stellte Kim bewundernd fest. Sie betrachtete die kleine Faunfigur, die als Lichtschalter diente. Sie war aus Kupfer, das grün angelaufen war. Die Farbe unterschied sich kaum vom grünen Muster der Tapete.
Antonia lächelte. »Das kommt vom täglichen Training. Bei *Super Games of Magic* verdient man sein Geld, indem man winzige Glühwürmchen im Wimmelwald fängt.«
»Ich muss mir das Spiel wirklich mal anschauen«, sagte Kim. »Aber jetzt will ich wissen, wo der Schatz versteckt ist! In dem Brief stand, dass der Faun den Weg weist.« Sie ging nah an die kleine Figur heran und folgte seiner Blickrichtung. »Er sieht zum Fenster.«
Marie lief zu der großen Fensterfront und betrachtete die geschnitzten Fensterrahmen und die breiten Fenstersimse. »Hier könnte an allen möglichen Stellen ein Geheimfach sein. Das wird kompliziert.«
Plötzlich erinnerte sich Kim daran, dass noch ein weiteres Detail in dem Brief stand. »Da war doch etwas in Klammern geschrieben!«, murmelte sie. »Zu blöd, ich habe das Pergament zu Hause gelassen.«
Die anderen sahen sie neugierig an.
Kim versuchte, sich den Text in Erinnerung zu rufen. Sie schloss die Augen und dachte scharf nach.
»Irgendwas mit verbeugen!«, murmelte sie schließlich. »Ja, da stand: ›Wenn er sich verbeugt‹.« Kim drückte den Schalter mit dem Faun. Die Figur kippte nach unten.
»Er sieht auf den Boden«, rief Antonia.
Sie knieten sich hin und begannen, das Parkett zu untersuchen.

»Ich fürchte, da ist nichts«, sagte Antonia nach einer Weile. »Mist!« Sie boxte mit der Faust leicht gegen die Bodenleiste an der Wand. Es gab ein schnarrendes Geräusch und ein Stück der Leiste sprang auf.
Die Mädchen sahen sich sprachlos an.
»Da muss man erst mal draufkommen«, murmelte Antonia.
Marie holte ihre Mini-Taschenlampe hervor und leuchtete in den Hohlraum, der sich hinter der Leiste befand. »Tatsache!«, rief sie aufgeregt. »Hier steckt ein Päckchen!«
»Pass auf, dahinter verlaufen irgendwelche Kabel!«, warnte Antonia sie.
Kim stutzte. »Warte mal …«
»Ich bin vorsichtig!«, murmelte Marie. Sie tastete mit spitzen Fingern in den Zwischenraum und zog einen in ein schwarzes Samttuch gehüllten Gegenstand hervor. Im selben Moment knarrte die Treppe im Flur.
»Der alte Herr kommt!«, wisperte Franzi. Die Mädchen sprangen auf. Marie drückte die Bodenleiste wieder zu und stopfte sich in Windeseile das Päckchen hinten in den Hosenbund. Sie lauschten.
»Seid ihr noch da?«, hörten sie den Mann rufen. »Kann ich euch helfen?«
Kim streckte den Kopf zur Tür raus und rief: »Vielen Dank, wir sehen uns diese wunderschöne Tapete an! Ein Meisterwerk! Das kann man stundenlang betrachten!«
Der Mann lachte. »Na, dann will ich nicht weiter stören.«
Wieder knarrte die Treppe, als er den Rückweg antrat.
Marie holte das Päckchen hervor. »Ich will jetzt unbedingt wissen, was da drin ist.« Sie schlug den Samtstoff zur Seite.

»Das soll der Schatz sein?« Marie machte große Augen.
Kim fuhr mit dem Finger über den Ledereinband und die goldene Schließe des Buchs. »Es ist immerhin sehr alt. Viele antike Bücher sind kostbar und teuer.«
»Aber zu der Zeit, als Amina von Stetten es hier versteckt hat, war es bestimmt noch ein ganz normales Buch«, gab Marie zu bedenken.
»Wie auch immer«, sagte Kim. »Eigentlich müssten wir es dem Galeriehaus übergeben. Es ist ein historisches Fundstück.«
»Vorher will ich aber wissen, was drinsteht«, rief Franzi.
»Nicht so laut«, zischte Kim. »Sonst kommt der alte Herr gleich wieder rauf.« Sie versuchte vorsichtig, das Buch zu öffnen, gab aber schnell auf.
»Vielleicht ist der Schlüssel noch irgendwo hier versteckt?«, sagte Antonia und sah sich um.
Marie schüttelte den Kopf. »Wir sind schon viel zu lange hier oben. Wisst ihr was? Wir nehmen das Buch jetzt einfach mit und ich sehe es mir im Pferdeschuppen in aller Ruhe an. Das Schloss kann ich sicher leicht knacken. Später können wir es immer noch zurückbringen.«
Antonia machte große Augen. »Du knackst Schlösser?«
Marie nickte. »Ich erklär es dir später.« Sie sah Kim und Franzi an. »Also, was ist?«
»Ich weiß nicht«, sagte Kim. »Ich glaube, wir sollten …«
»Ach was, komm schon!«, unterbrach Franzi sie und schob sich das Buch wieder in den Hosenbund. »Wir machen das jetzt so, wie Marie es gesagt hat!« Energisch zog sie Kim mit sich fort.

Sie hatten Glück und erwischten gerade noch den Bus, der zum Stadtrand fuhr. Die vier Mädchen eilten zum Pferdeschuppen und Franzi legte das Buch auf den Tisch. Marie holte das Etui mit dem Dietrichset aus dem Rollcontainer. Konzentriert betrachtete sie die goldene Schließe des Buchs. Antonia sah sich um. »Schön ist es hier!«
Kim tauschte mit Franzi einen kurzen Blick. Sie räusperte sich. »Hier halten wir meistens unsere Clubtreffen ab.«
»Was ist das für ein Club?«, wollte Antonia wissen.
»Ein Detektivclub«, sagte Franzi. »Wir nennen uns *Die drei !!!*. Wir haben schon weit über fünfzig Fälle im In- und Ausland gelöst!«
»Wow! Deshalb könnt ihr Schlösser knacken und wisst auch, wie man Geheimtinte sichtbar macht!« Antonia war sichtlich beeindruckt.
Franzi nickte. »Jede von uns hat ihre speziellen Stärken. Kim ist die Computerfrau und kann am besten logische Rätsel lösen, ich bin ziemlich sportlich und Marie ist für die Verkleidung und das Knacken von Schlössern zuständig.« Sie grinste. »Wenn sie nicht gerade beim Gesangs- oder Schauspielunterricht ist oder beim Friseur und …«
»Du hast bei deinen Stärken noch etwas vergessen«, unterbrach Marie sie, ohne aufzusehen.
»Echt?«, fragte Franzi. »Was denn?«
»Reden.« Marie seufzte. »Und zwar ohne Punkt und Komma.«
»Hör mal!«, rief Franzi. »Ich … oh!« Gebannt starrte sie auf das Buch auf dem Tisch. »Du hast es geschafft!«
Marie nickte. Vorsichtig schlug sie den Buchdeckel auf.

10. Juni 1905

Dieses Buch ist ein Schatz!
Wer es gefunden hat und sich
die Mühe macht, die Seiten zu
öffnen und darin zu lesen,
der möge immer daran denken,
dass es etwas ganz Besonderes ist!

Ich hätte das Buch vernichten
können. Aber ich habe es nicht
übers Herz gebracht,
diese wertvollen Notizen für
immer verloren gehen zu lassen.

Wer dieses Buch in seinen
Händen hält, kann sich auf
den Weg begeben und ein
wunderbares Geheimnis finden.
Viel Glück!

Amina von Stetten,
genannt „Die Magierin“

»Das klingt ja geheimnisvoll«, murmelte Kim. Sie zog das Buch näher zu sich heran. Dann stutzte sie. »Die Seiten sind verklebt.« Sie versuchte vorsichtig, die erste zu lösen, gab aber schon nach kurzer Zeit auf. »Keine Chance! Die kriegt man nicht so einfach auf.«

Marie nickte. »Deshalb schreibt Amina von Stetten ja auch: Wer sich *die Mühe macht*, die Seiten zu öffnen …«

Kim klappte den Buchblock um. »Und was ist das?« Auf der Rückseite des Buchdeckels war eine ovale Vertiefung zu sehen.

»Sieht so aus, als ob da mal ein Gegenstand im Buch gelegen und einen Abdruck hinterlassen hat«, sagte Franzi. »Eine Münze oder ein Amulett oder so.«

Kim nickte. »Aber warum?«

»Vielleicht erfährt man das im Buch«, sagte Antonia. »Kann man die Seiten nicht doch irgendwie öffnen? Habt ihr ein Messer oder einen Brieföffner hier?«

Franzi schüttelte den Kopf. »Nein. Aber einen Schraubenzieher oder … warte mal.« Sie lief zum Regal und nahm einen Kugelschreiber aus der Stiftebox. »Vielleicht geht es damit?«

Kim schüttelte den Kopf. »Wahrscheinlich schon, aber womöglich gehen die Seiten dann kaputt. Wir bräuchten etwas Dünneres.« Sie schnippte mit dem Finger. »Die Spiegelfolie von der Schnitzeljagd! Ich muss sie noch irgendwo in meinem Rucksack haben.« Kim bückte sich unter den Tisch und begann zu kramen. Sie förderte eine Packung Gummibärchen, einen angebissenen Schokoriegel, einen Apfel und eine Zeitschrift zutage. »Hier muss sie drin sein. Ich habe sie als Lesezeichen verwendet.« Kim blätterte hastig. »Hier ist sie!«

Marie nahm die Zeitschrift und zog eine Augenbraue hoch. »Du liest die *Beauty*? Ich dachte, du interessierst dich nicht für Mode.«

Kim lief rot an. »Gib schon her. Da ist dieses Mal etwas drin, das mich interessiert hat.« Sie versuchte, Marie die Zeitschrift aus der Hand zu nehmen, aber Marie hielt sie eisern fest. Ein kleines Beiheft rutschte heraus und fiel auf den Tisch. Marie las den Titel vor: »Die ultimative Blitzdiät – 10 Kilo in drei Wochen verlieren!« Sie schüttelte den Kopf. »Sag bloß, du hast die Zeitschrift wegen dem Blödsinn hier gekauft!«

Kim lief rot an. »Das ist doch meine Sache!« Sie griff sich das Heftchen und ließ es in ihren Rucksack fallen.

»Du bist nicht zu dick!«, sagte Marie. »Wie oft sollen wir dir das noch sagen!«

»Hör doch endlich auf«, sagte Kim hastig. Sie wedelte mit der Spiegelfolie in der Luft. »Wir haben jetzt Wichtigeres zu tun!«

»Ja, aber …«, begann Marie, zögerte aber, als sie Kims genervten Blick bemerkte. Schließlich zuckte sie schweigend mit den Schultern.

Kim atmete auf. Sie zog das Buch näher zu sich heran. Vorsichtig begann sie, mithilfe der Spiegelfolie die ersten beiden Seiten voneinander zu lösen. Nach wenigen Sekunden konnte sie das Buch aufschlagen.

Gespannt beugten sich die Mädchen darüber.

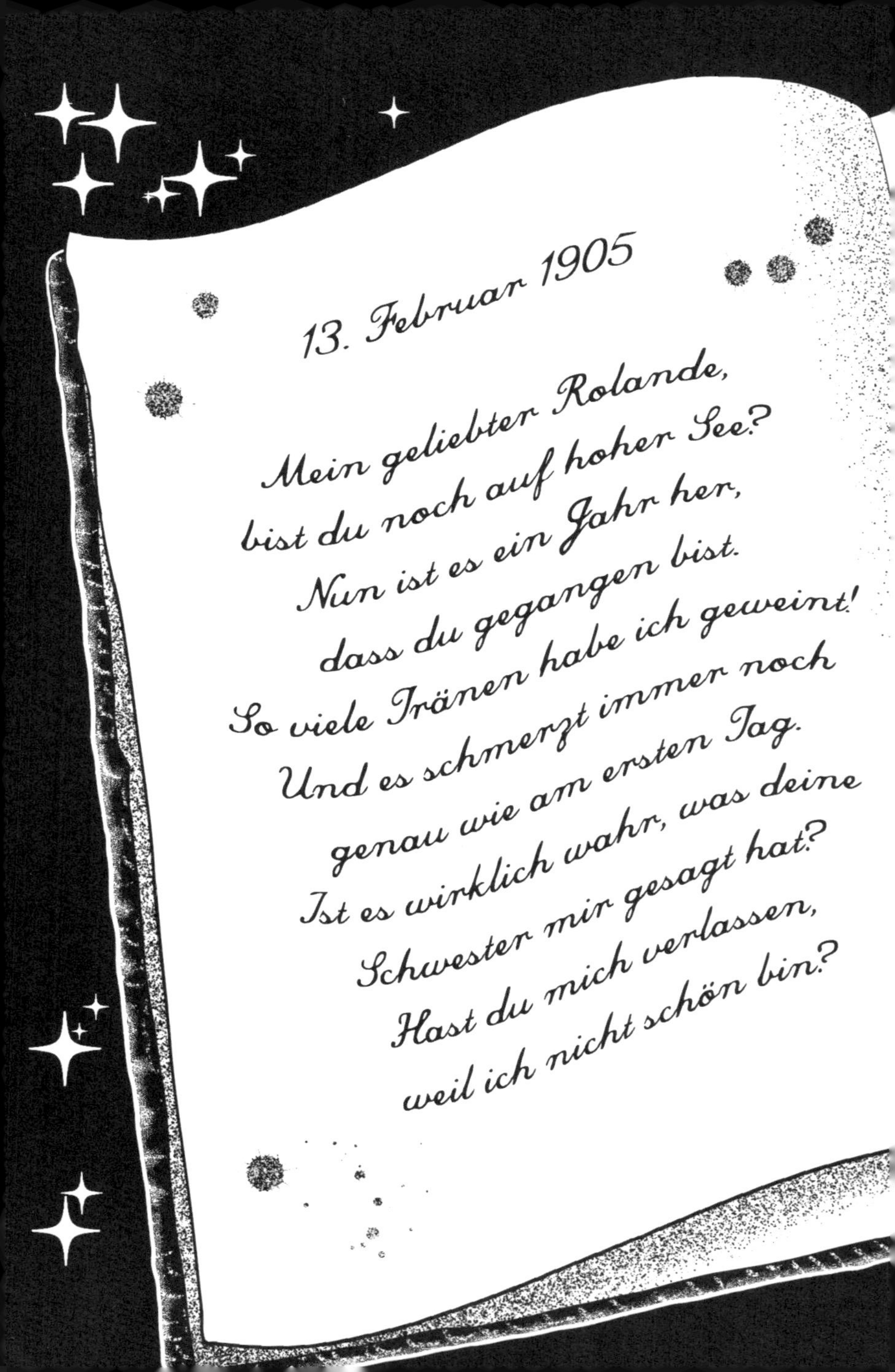
13. Februar 1905
Mein geliebter Rolande,
bist du noch auf hoher See?
Nun ist es ein Jahr her,
dass du gegangen bist.
So viele Tränen habe ich geweint!
Und es schmerzt immer noch
genau wie am ersten Tag.
Ist es wirklich wahr, was deine
Schwester mir gesagt hat?
Hast du mich verlassen,
weil ich nicht schön bin?

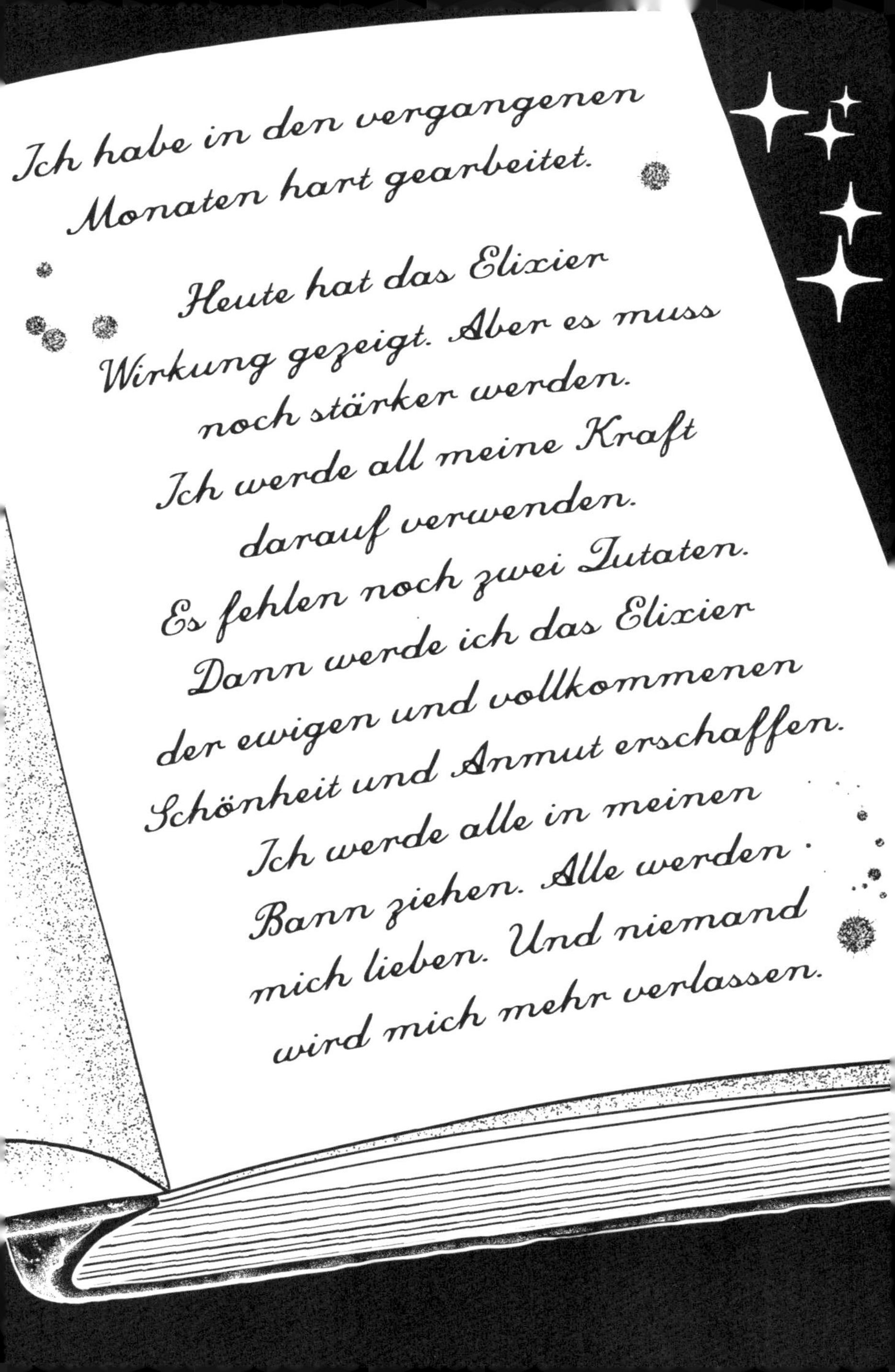
Ich habe in den vergangenen
Monaten hart gearbeitet.
Heute hat das Elixier
Wirkung gezeigt. Aber es muss
noch stärker werden.
Ich werde all meine Kraft
darauf verwenden.
Es fehlen noch zwei Zutaten.
Dann werde ich das Elixier
der ewigen und vollkommenen
Schönheit und Anmut erschaffen.
Ich werde alle in meinen
Bann ziehen. Alle werden
mich lieben. Und niemand
wird mich mehr verlassen.

Antonia seufzte. »Ein Elixier der ewigen Schönheit! Wahnsinn!«
Franzi schüttelte den Kopf. »Das klingt aber alles sehr merkwürdig.«
»Das ist ja wohl der Hammer!«, platzte Marie heraus. Sie starrte die Seiten wütend an. »Wenn der Typ sie wirklich verlassen hat, weil sie ihm nicht ›schön‹ genug war, dann kann sie doch froh sein, dass er weg ist!«
Kim nickte. »Das denke ich allerdings auch!«
»Ja, schon«, sagte Antonia. »Aber mich interessiert dieses Elixier! Lasst uns die nächsten Seiten aufmachen und nachsehen!«
»Antonia!«, rief Franzi. »Glaubst du wirklich daran, dass diese Amina von Stetten irgendein Zeug erfunden hat, mit dem alle für ewig schön werden?« Sie schüttelte den Kopf. »Was heißt das eigentlich: schön sein? Das sieht doch jeder anders.«
»Oh nein!«, rief Antonia. »Eure Nasen zum Beispiel sind definitiv alle schön. Meine ist hässlich!«
»Das ist nicht wahr!« Marie fasste Antonia an der Schulter. »Du hast dich da total in etwas verrannt. Du hast eine süße Stupsnase, die perfekt zu deinen großen runden Augen passt! Du bist sehr hübsch!«
Antonia schluchzte auf. »Das sagst du nur, um mich zu beruhigen!« Sie sah Marie verzweifelt an. »Schon im Kindergarten haben sie *Nasenbär* zu mir gesagt, und jetzt bin ich ein *Alien*.« Sie schlug mit der Hand auf den Tisch. »Und sie haben alle recht. Ich weiß es ja. Ich will nur nicht ständig daran erinnert werden. Am liebsten würde ich überhaupt nicht mehr aus dem Haus gehen.«

»Bist du deshalb so oft in *Super Games of Magic*?«, fragte Marie.
Antonia nickte. »Ja, klar.« Sie wischte sich eine Träne aus dem Augenwinkel und zog die Nase hoch. »Dort bin ich eine wunderschöne Elfe und alle sind nett! Ich bin so froh, dass ich dort zu Hause bin. Dann ist es mir auch egal, dass ich im richtigen Leben bald mit meinen Eltern umziehe und in einer fremden Stadt auf eine neue Schule gehen muss. Dort wird nämlich bestimmt alles noch viel schlimmer.«
Die drei !!! sahen sich betroffen an. Kim räusperte sich. »Es gibt immer wieder fiese Leute. Ich glaube nicht, dass die anderen deine Nase wirklich hässlich finden. Sie merken nur, dass du selbst unzufrieden mit ihr bist. Und weil sie dich ärgern wollen, hacken sie genau auf dieser Sache rum.«
Franzi nickte. »Fiese Leute werden meistens noch fieser, wenn sie merken, dass sie den anderen mit ihren Worten getroffen haben. Du musst dich wehren!«
Antonia biss sich auf die Lippen. »Das sagst du so leicht.« Sie schielte nach dem Buch und seufzte. »Können wir jetzt die nächsten Seiten aufmachen? Ich möchte wirklich gerne wissen, was das für ein Elixier ist.«
»Mannomann.« Kim sah Antonia nachdenklich an. »Du hast keine dicke Nase – dafür aber einen ganz schönen Dickkopf!« Sie reichte ihr die Spiegelfolie. »Dann lasst uns mal sehen, was Amina von Stetten zusammengebraut hat!«
Antonia nahm die Folie. »Danke!«

4. April 1905

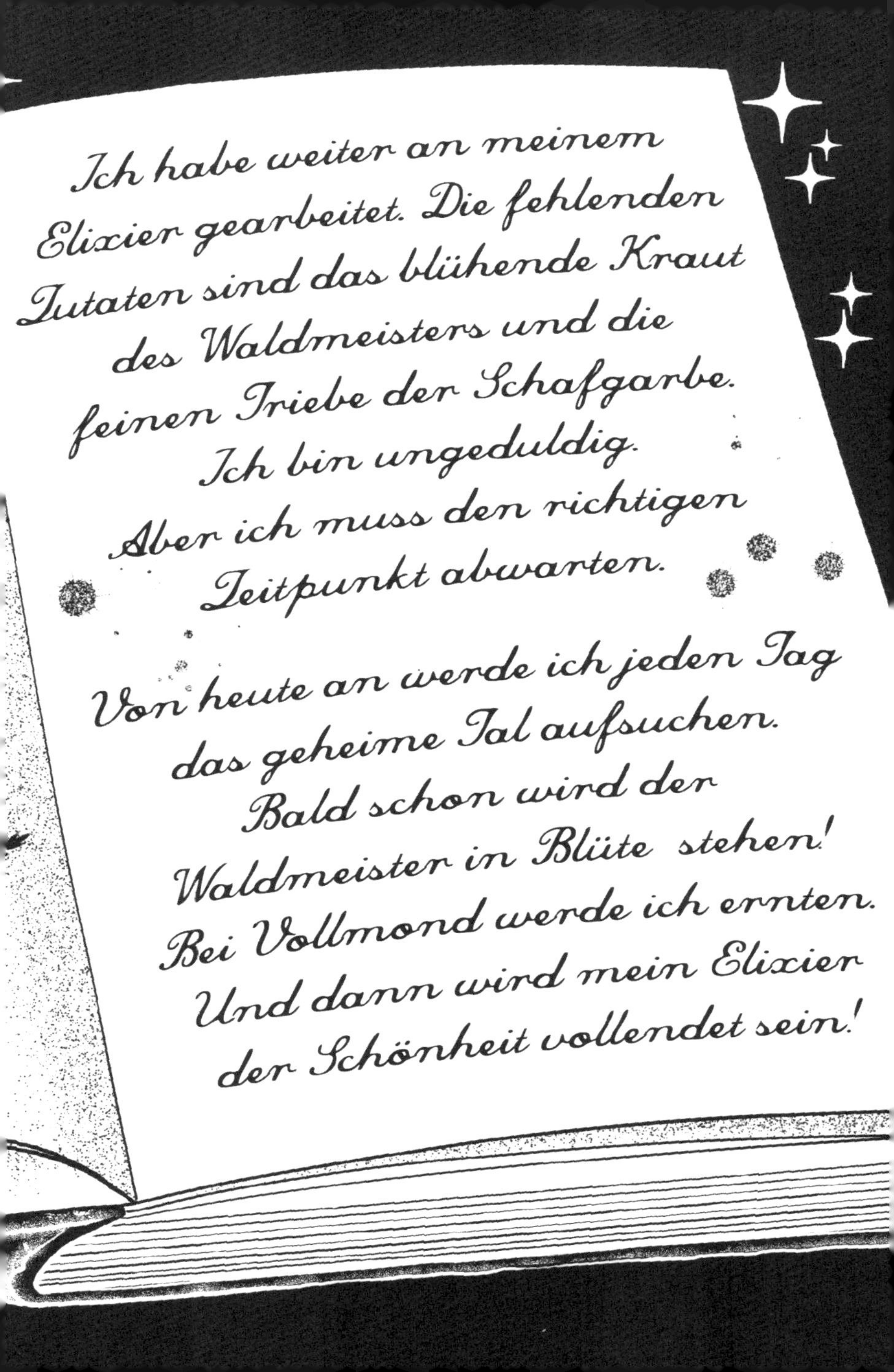
Ich habe weiter an meinem
Elixier gearbeitet. Die fehlenden
Zutaten sind das blühende Kraut
des Waldmeisters und die
feinen Triebe der Schafgarbe.
Ich bin ungeduldig.
Aber ich muss den richtigen
Zeitpunkt abwarten.
Von heute an werde ich jeden Tag
das geheime Tal aufsuchen.
Bald schon wird der
Waldmeister in Blüte stehen!
Bei Vollmond werde ich ernten.
Und dann wird mein Elixier
der Schönheit vollendet sein!

»Amina von Stetten macht es aber ganz schön spannend«, sagte Franzi. »Mach schnell die nächsten Seiten auf!«
Kim nickte. »Ja, vielleicht kommt jetzt endlich das Rezept.«
Antonia grinste. »Ihr seid echt nett, wisst ihr das?«
»Wie meinst du das?«, fragte Kim.
»Ich finde es total nett von euch, dass ihr mitmacht, obwohl ihr nicht wirklich an das Elixier der Schönheit glaubt!«
Jetzt grinste Kim über das ganze Gesicht. »Vergiss nicht: Wir sind Detektivinnen! Und das bedeutet vor allem eins: Wir sind neugierig! Wir wollen immer wissen, was hinter den Dingen steckt. Egal, was es ist.«
»Genau!«, rief Franzi. »Außerdem kann man nie ganz sicher wissen, ob nicht doch … also, ich meine …« Sie zuckte mit den Schultern. »Ein Rezept gegen Sommersprossen fände ich jedenfalls ganz gut.«
Kim und Marie sahen Franzi überrascht an.
»Gegen Sommersprossen?«, wiederholte Antonia. »Du meinst aber hoffentlich nicht deine?«
»Doch.« Franzi zögerte. Dann seufzte sie. »Ich finde, dass es ein paar zu viel sind. Besonders auf der Nase.«
Antonia schüttelte den Kopf. »Sie passen so gut zu deinen grünen Augen und deinen Haaren! Du siehst toll damit aus!«
»Ohne wärst du richtig langweilig«, sagte Kim prompt.
»Auf jeden Fall«, stimmte ihr Marie zu. Sie zupfte an ihrem Pony. »Übrigens hätte ich nie gedacht, dass du ein Problem damit hast. Du hast noch nie etwas gesagt.«
»Man muss ja nicht alles erzählen«, murmelte Franzi.
»Aber wir sind doch Freundinnen«, sagte Kim. Sie strich nachdenklich über die Spiegelfolie, die Antonia auf dem

Tisch abgelegt hatte. »Allerdings muss ich zugeben, dass es mir vorhin auch peinlich war, als ihr den Diätratgeber gesehen habt. Ich will auch nicht so gerne darüber reden, dass ich mich viel zu dick finde.«

»Du bist nicht dick!«, riefen Franzi, Marie und Antonia.

Kim verdrehte die Augen. »Ich fühle mich aber oft zu dick!«

Marie seufzte. »Ich glaube, jeder hat ein paar Dinge, die er nicht an sich mag. Egal, was andere dazu sagen. Man muss da irgendwie selbst mit klarkommen.« Sie pustete sich eine Haarsträhne aus dem Gesicht. »Ich finde übrigens meine Schlupflider furchtbar.«

Kim schüttelte ungläubig den Kopf. »Was auch immer Schlupflider sein sollen – du hast tolle strahlende blaue Augen. Um die habe ich dich schon oft beneidet!«

»Außerdem hast du gar keine Schlupflider!«, stellte Antonia energisch fest. »Dazu müssten deine oberen Lider unter der Haut verschwinden, wenn du die Augen offen hast. Das ist aber nicht der Fall.«

»Ist es wohl!«, rief Marie. »Ich habe mich nur gut geschminkt. Du müsstest mal genau hinsehen.«

Antonia schüttelte den Kopf. »Das sind keine Schlupflider. Punkt.« Sie kratzte sich an der Nase. »Verrückt: Irgendwie tut es gut, zu merken, dass ihr bestimmte Dinge an euch auch nicht mögt.«

Franzi grinste. »Wir benötigen alle unbedingt und sofort das Schönheitselixier!«

»Ja!«, rief Kim lachend. »Mach schnell die nächsten Seiten auf. Vielleicht sind wir dann alle unsere Sorgen los!«

Kichernd griff Antonia zur Spiegelfolie.

27. April 1905
Es ist ein Wunder!
Das Schicksal hat mir ein
großes Geschenk gemacht.
Ich war auf der Suche nach
dem blühenden Kraut des
Waldmeisters – und habe eine
echten Schatz gefunden!
Einen Schatz, größer und
bedeutender als alle Schönhei
als alles Gold und Geld
der Welt zusammen!
Ich will diesen Schatz mit a
denen teilen, die auf der Suche

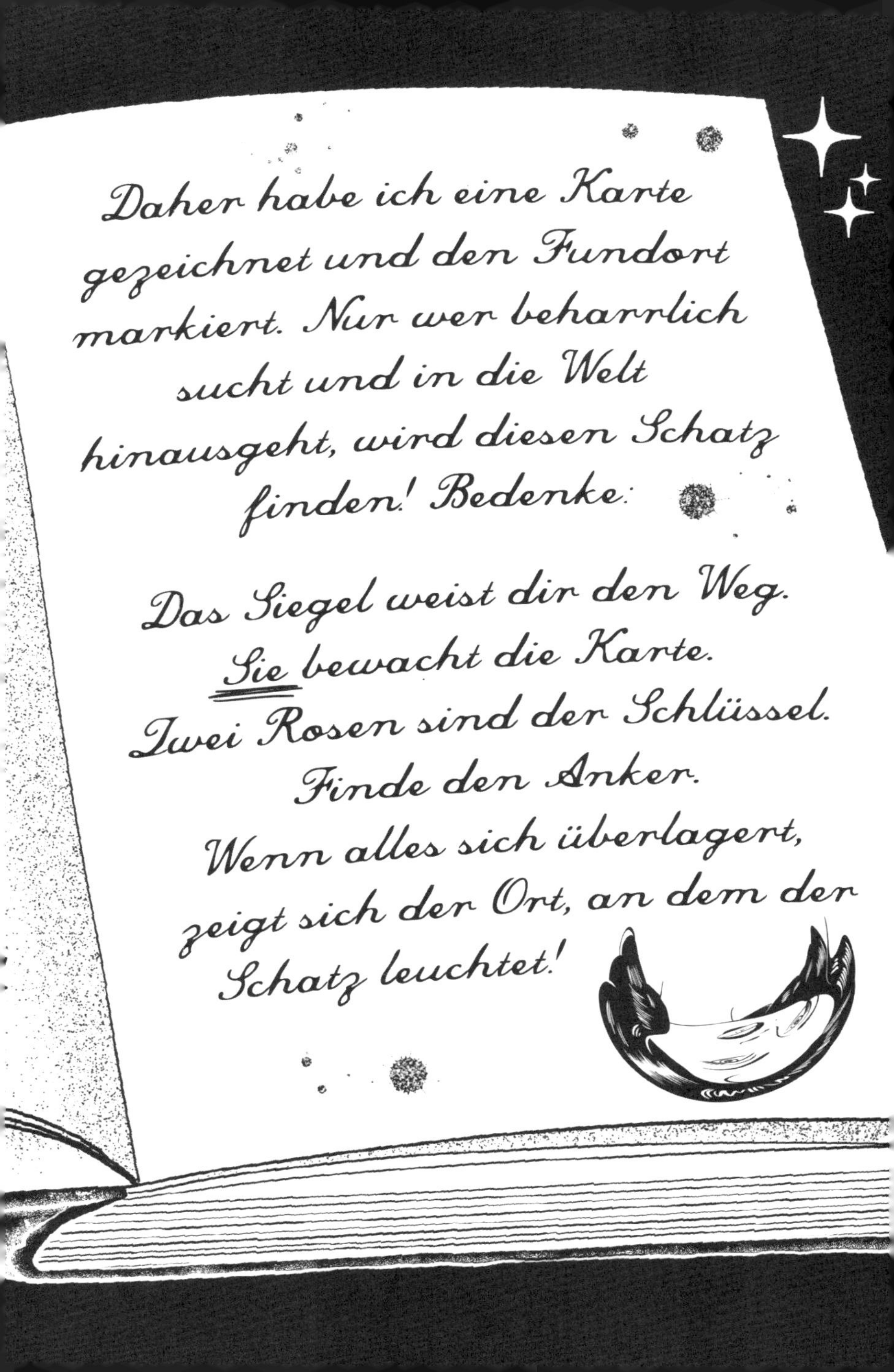
Daher habe ich eine Karte gezeichnet und den Fundort markiert. Nur wer beharrlich sucht und in die Welt hinausgeht, wird diesen Schatz finden! Bedenke:
Das Siegel weist dir den Weg.
Sie bewacht die Karte.
Zwei Rosen sind der Schlüssel.
Finde den Anker.
Wenn alles sich überlagert, zeigt sich der Ort, an dem der Schatz leuchtet!

Kim runzelte die Stirn. »Ich verstehe nur Bahnhof. Da steht kein Wort mehr von dem Schönheitselixier! Dafür schreibt sie etwas von einem extrem wertvollen Schatz …«
»Und den will sie mit anderen teilen«, ergänzte Marie. »Aber sie verrät den Fundort nicht, sondern veranstaltet eine Schatzsuche mit allem Pipapo. Was soll das?«
»Wenn ihr mich fragt: Die Dame ist total verwirrt gewesen. *Zwei Rosen sind der Schlüssel. Das Herz ist der Anker* …« Franzi tippte sich mit dem Finger an die Stirn. »Komplett verrückt. Vielleicht hat sie aus Versehen einen Gifttrunk zusammengebraut und ist wahnsinnig geworden.«
Kim nickte. »Es wäre interessant zu wissen, welche Zutaten in dem Elixier enthalten sind. Aber dazu brauchen wir das Rezept.«
Antonia nickte heftig. »Ich öffne die nächsten Seiten!« Sie setzte die Spiegelfolie an und trennte hastig das Papier auf. Sekunden später rief sie enttäuscht: »Die Seiten sind leer!« Sie öffnete die nächsten Seiten. »Wieder leer!« Ungeduldig arbeitete Antonia weiter und öffnete die letzten zehn verschlossenen Seiten. Sie sah die drei !!! enttäuscht an. »Es gibt keinen einzigen Eintrag mehr.«
»Vielleicht war die Sache mit dem Elixier für Amina von Stetten abgeschlossen«, sagte Marie. »Im letzten Eintrag schreibt sie, dass sie es nicht mehr braucht. Also hat sie auch das Rezept nicht mehr notiert.«
»Oh nein!«, rief Antonia. »Kein Elixier?« Sie schüttelte den Kopf. »Ich kann das nicht glauben. Vielleicht hat sie mit Geheimtinte weitergeschrieben! Wie bei dem Gedicht.«
Marie nickte. »Stimmt! Das könnte sein.« Sie schnupperte

an dem Papier und rümpfte die Nase. »Zitronensaft hat sie dafür aber nicht verwendet. Es riecht eher modrig.« Sie strich nachdenklich über die leere Seite.

»Aber das ist ja auch kein Wunder. Das Buch lag über hundert Jahre hinter der Wandleiste.«

Kim betrachtete das Buch nachdenklich. »Am besten, ich überprüfe die leeren Seiten heute Abend bei mir zu Hause. Jetzt sollten wir uns um das Siegel kümmern. Ich nehme an, dass damit diese komische Abbildung gemeint ist.« Sie blätterte zurück zum Eintrag vom 27. April 1905. »Amina von Stetten schreibt: *Das Siegel weist dir den Weg.*«

Die Mädchen betrachteten das Bild von allen Seiten.

Marie kniff die Augen zusammen. »Ich erkenne gar nichts.«

»Es ist viel zu verzerrt!«, murmelte Franzi.

»Verzerrt.« Kim setzte sich kerzengerade auf. »Franzi, du bist genial! Dass ich da nicht von selbst drauf gekommen bin!«

Marie und Antonia sahen erstaunt drein. Plötzlich aber fing Antonia an zu grinsen. Sie sah auf die Spiegelfolie in ihrer Hand. »Du denkst, dass das wieder eine Anamorphose ist oder wie das heißt? So ein Zerrbild wie bei der Schnitzeljagd im Schlösschen?«

»Ja, könnte doch sein!« Kim wuschelte sich durch die Haare. »Wir müssen es eben ausprobieren. Zum Glück haben wir die Spiegelfolie da.«

»Alles klar!« Antonia rollte die Folie zu einem Zylinder. »Marie – jetzt brauchen wir nur noch deine Haarklammern!«

»Ich kann den Kopf einer Frau erkennen!«, rief Antonia. »Mit schwarzen Haaren. Hier.« Sie schob Zylinder und Bild zu Kim rüber und murmelte: »Irgendwie kommt mir die Frau bekannt vor.«
Kim wollte sich gerade das Bild ansehen, da nahm sie eine Bewegung am Fenster wahr. Im selben Moment raunte Marie: »Da beobachtet uns jemand!« Sie stand auf und schlich zum Fenster. »Jetzt ist er weg. Aber ich schwöre euch, da war ein Schatten!«
Kim nickte. »Den habe ich auch bemerkt.«
Antonia setzte sich plötzlich kerzengerade auf. »Ich habe etwas an der Tür gehört«, flüsterte sie. »Ein Kratzen!«
»Jetzt reicht es aber!«, rief Franzi. Sie lief zur Schuppentür. »Will uns da jemand belauschen, oder was?!« Energisch fasste sie nach der Klinke und versuchte, die Tür blitzschnell aufzureißen.
»Verdammt!« Franzi drehte sich zu den anderen um. »Die lässt sich nicht runterdrücken.« Sie versuchte es erneut. »Das gibt es doch nicht. Die ist irgendwie blockiert!«
Marie lief zu Franzi rüber. Doch auch sie konnte die Tür nicht öffnen. »Wir sind eingesperrt«, sagte Marie. »In unserem eigenen Hauptquartier!«
Die drei !!! sahen sich fassungslos an.
»Na warte! Den krieg ich!«, rief Franzi. Sie eilte zum Flickenteppich bei der Kutsche, zog ihn weg und riss die Falltür auf. In Sekundenschnelle war sie die Treppe hinabgeklettert. Es klickte und ein Lichtschein war zu sehen. Kim nickte Marie zu. »Gut, dass wir schon die Lampen installiert haben!«
Antonia blieb der Mund offen stehen.

Das Geräusch von Franzis Schritten auf dem Kellerboden klang dumpf zu ihnen hoch. Ein entferntes Quietschen verriet, dass sie die Klappe zum Ausstieg auf der Rückseite des Schuppens öffnete. Sekunden später wurde die Schuppentür aufgerissen und Franzi stand schwer atmend im Türrahmen. Sie hielt eine Holzlatte hoch. »Die war von außen unter die Klinke geklemmt.«
Antonia klappte den Mund zu. »Das war filmreif«, brachte sie hervor. »Wie bist du so schnell …« Sie schluckte. »Ihr habt einen geheimen Zugang!«
Franzi nickte. »Genau. Und bitte behalte das absolut für dich!« Sie lehnte die Latte an den Türrahmen.
»Ehrensache!«, sagte Antonia. »Aber wieso werdet ihr belauscht und dann auch noch eingesperrt?«
»Das wüsste ich auch gerne«, sagte Kim. »Franzi, hast du jemanden gesehen?«
»Nein.« Franzi schlug mit der flachen Hand gegen die Tür.
Kim und Marie traten zu Franzi nach draußen. »Meinst du, Chrissie war das?«, fragte Marie.
»Meine Schwester?« Franzi schüttelte den Kopf. »Das kann ich mir eigentlich nicht vorstellen. So etwas Gemeines und Kindisches traue ich selbst ihr nicht zu!«
»Hier beim Fenster ist das Gras ziemlich runtergetrampelt. Das müssen mehrere Personen gewesen sein!«, rief Kim. Sie lief mit gesenktem Blick langsam wieder in Richtung Tür. Plötzlich blieb sie stehen. Sie deutete auf eine Stelle im Gras. »Ich glaube, ich weiß, wer das war!«

Kim zupfte einen goldenen Ohrring aus dem Gras. »Genau solche Kreolen hat diese Sandrine getragen! Sie war also hier! Wahrscheinlich zusammen mit dieser …«
»Mara«, flüsterte Antonia und schüttelte fassungslos den Kopf. »Das ist alles meine Schuld! Die beiden sind mir schon mal durch die halbe Stadt gefolgt und haben mich beobachtet. Aber ich habe nicht gedacht, dass sie das machen, wenn ich mit euch zusammen bin.«
Franzi legte Antonia den Arm um die Schulter. »Den beiden Zicken geigen wir jetzt mal gehörig die Meinung! Hast du die Handynummern?«
»Die habe ich nicht abgespeichert«, antwortete Antonia. »Ich habe von niemandem aus der Klasse die Nummer im Handy«, fügte sie leise hinzu.
»Egal!«, sagte Marie. »Dann passen wir die beiden in den nächsten Tagen nach der Schule ab!« Sie sah auf ihre Armbanduhr. »Mist, ich muss los! Ich habe gleich Gesangsunterricht!«
»Dann treffen wir uns am besten morgen gleich nach der Schule und besprechen, wie es weitergeht«, sagte Kim.
Marie nickte. »So machen wir's!«
Antonia räusperte sich. »Nur ganz kurz: Mir ist gerade eingefallen, wo ich die Frau mit den schwarzen Haaren schon mal gesehen habe!«
Die drei !!! sahen sie erwartungsvoll an.
»Im alten Wasserschlösschen!«, sagte Antonia. »Sie ist auf einem der alten Ölgemälde abgebildet!«
»Dann treffen wir uns doch gleich morgen beim Schlösschen«, schlug Marie vor. »Um 14:00 Uhr am Springbrunnen!«

Eine Stunde später saß Kim zu Hause an ihrem Schreibtisch. Sie knipste die Lampe an und zog sie zu dem geöffneten Buch herunter. Wenn das Papier mit einer unsichtbaren Tinte beschrieben war, die auf Wärme reagierte, würde bestimmt bald die Schrift sichtbar werden. Um sich die Wartezeit zu vertreiben, rief Kim die Seite von *Super Games of Magic* auf. Antonia hatte ihr vorhin den Namen ihres Avatars genannt und vorgeschlagen, dass sie gemeinsam eine Runde in dem Online-Game spielen könnten. Kim sah, dass es ein kostenloses Probe-Abo gab. Sie meldete sich an und wählte einen Feen-Avatar mit kurzen hellblauen Haaren. Für die Flügel suchte sie ein Paar aus, das in allen Regenbogenfarben schillerte. Als Name gab sie *Regenbogenfee* ein.
Mit einem Fanfarenklang verdunkelte sich der Bildschirm und ein funkelnder Sternenregen fiel nieder. Er teilte sich und gab den Blick frei auf eine Übersichtskarte von *Magicland*. Bunte Sterne kennzeichneten die Standorte der Mitspieler, die gerade online waren. Kim entdeckte einen Stern mit dem Namen *GriffinGirl*. Antonias Avatar befand sich am Strand von *Magicland*. Kim klickte auf den Bereich. Wieder fielen funkelnde Sterne nieder, das Bild änderte sich. Kim sah eine wunderschöne Elfe. Sie trug ein weißes Kleid und ein glitzerndes Diadem. In ihrem langen schwarzen Haar waren funkelnde Kristalle eingeflochten. Sie bückte sich gerade nach einer Muschel. Kim konnte ein hauchzartes Paar Flügel an ihrem Rücken entdecken.
Im Hintergrund spielten zwei Kobolde Fangen.
Am unteren Rand des Bildschirms blinkte ein weißes Textfeld: *GriffinGirl ansprechen?*

Chatprotokoll

Regenbogenfee: Hallo! Ich bin's, K.!!!
Ich dachte, ich probier das gleich mal aus.
GriffinGirl: Oh, hi! Du bist wirklich gekommen, schön!!!
Ich freu mich!! Du siehst toll aus!
Regenbogenfee: Danke! Du aber auch!
GriffinGirl: Danke! Und, wie findest du es hier?
Regenbogenfee: Ich habe noch gar nicht rumgeschaut.
Bin gleich zu dir an den Strand.
GriffinGirl: Das ist einer meiner Lieblingsorte.
Hier gibt es die Traummuscheln für die Greife.
Regenbogenfee: ???
GriffinGirl: Viele Greife leiden an Schlaflosigkeit.
Wenn sie an den Muscheln lauschen, hören sie das Meer
rauschen und können besser einschlafen.
Regenbogenfee: Interessant! Kann ich deine Greife mal sehen?
Toller Troll: Hi Regenbogenfee! Neu hier? Nice Flügel!!
Regenbogenfee: @Toller Troll Danke!
Toller Troll: @Regenbogenfee Spielst du Fangen mit uns?
Regenbogenfee: @Toller Troll Ein anderes Mal vielleicht.
Ich möchte mich jetzt lieber mit GriffinGirl unterhalten.
Toller Troll: Och bittteeeee!!!!
Regenbogenfee: Nein.
Toller Troll: Bittebittebitte!!!
GriffinGirl: @Regenbogenfee Lass uns in den Wald des Schweigens
gehen. Da können wir ungestört im Flüstermodus reden.
Regenbogenfee: Alles klar!
Toller Troll: Nöööö! Bleibt doch da!!
Toller Troll: @Regenbogenfee? Bist du noch da?
Toller Troll: Spielverderber!!!!!!!

Senden

Wald des Schweigens

GriffinGirl *flüstert*: Diese Trolle sind echt nervig!
Regenbogenfee *flüstert*: Und du hast gesagt, dass hier alle nett sind …
GriffinGirl *flüstert*: Sind sie auch. Nur manche sind eben etwas … nervig ;-).
Regenbogenfee *flüstert*: Haben wir jetzt Ruhe vor dem Troll?
GriffinGirl *flüstert*: Ja. Jetzt kann keiner mehr mithören. Übrigens, wegen der Greife: Das geht leider nicht so einfach. Du brauchst eine spezielle Ausbildung, wenn du dich ihnen nähern möchtest. Ich kann dich unterrichten. Aber das dauert ziemlich lange. Heute möchte ich dir gerne ein anderes Geheimnis zeigen!
Regenbogenfee *flüstert*: Au ja!
GriffinGirl *flüstert*: Dann komm mit zur Höhle der Herzen!

Kim rief die Übersichtskarte auf und suchte nach der Höhle. Sie lag in den *Magic Mountains*, einer Gebirgskette, die sich östlich vom Strand bis tief ins Landesinnere erstreckte. Kim klickte auf das Höhlensymbol. Funkelnde Sterne explodierten auf dem Monitor und formierten sich zu einem Strudel. In seinem Zentrum flackerten die Worte *Höhle der Herzen* auf. Dann verschwanden die Sterne und gaben den Blick auf einen herzförmigen Höhleneingang frei. Helles Licht sickerte heraus. Es fiel auf einen kleinen blauen Troll, der im Schneidersitz vor der Höhle saß. Bei ihm standen ein Zwerg, zwei Hexen und Antonias Elfen-Avatar. Sie schienen auf etwas zu warten. Plötzlich wackelte der Troll mit den Ohren und fing an zu sprechen. In der Textzeile am unteren Rand erschien ein Wort: *Sieben!?*

Der Zwerg überlegte kurz, dann sagte er: »Sechs!«

Der Troll neigte seinen winzigen Kopf. Im Textfeld erschien: *Richtig! Tritt ein! Und dann der Nächste: Acht?!*

Während der Zwerg in die Höhle schlüpfte, sagte eine der Hexen: »Vier!«

Wieder neigte der Troll den Kopf, gab den Weg frei und die nächste Zahl aus. Es war die Zwölf. Kim lächelte. Man musste also einen Code kennen, um in die *Höhle der Herzen* zu gelangen! Sie lehnte sich zurück und las aufmerksam mit.

Plötzlich wurde die Zimmertür aufgerissen. Kim fuhr herum. Ihre Brüder steckten die Köpfe herein. »Was machst du?«, rief Ben. »Wir wollen an deinen Computer!« Ohne eine Antwort abzuwarten, stürmten die beiden ins Zimmer. Kim schnappte sich das Buch von Amina von Stetten, klappte es zu und ließ es blitzschnell in der Schublade verschwin-

den. Dann drängte sie Lukas zurück, der nach der Tastatur griff. »Ich glaub, ihr spinnt! Raus hier, aber sofort!«
Ben starrte auf den Monitor und fing lauthals an zu lachen. »*Super Games of Magic*«, ächzte er. »Ich lach mich schlapp! Das ist doch voll der Mist!«
Lukas grinste. »Mädchenkram. Guck mal: *Höhle der Herzen*! Bestimmt hat sich Kim in einen Monstertroll verliebt!« Er machte laute Kussgeräusche. »Hast du einen Monstertrollfreund?«
Kim atmete tief durch. Dann packte sie ihre Zwillingsbrüder rechts und links am T-Shirt und zerrte sie mit einem Ruck zur Tür. Sie schubste erst Ben, dann Lukas hinaus in den Flur und knallte die Tür zu. Blitzschnell drehte sie den Schlüssel zwei Mal im Schloss um. Die Zwillinge trommelten gegen das Türblatt und fluchten laut. Kim hielt sich die Ohren zu und setzte sich wieder vor den Computer. Ihr Blick fiel auf die geöffnete Schublade. Sie holte das Buch heraus und schlug es auf. Enttäuscht stellte sie fest, dass kein Text zu sehen war. Wahrscheinlich hatte die Wärme der Glühbirne nicht ausgereicht. Kim beschloss, es später mit dem Bügeleisen zu probieren. Aber zuerst wollte sie in die *Höhle der Herzen*. Kim sah auf den Monitor. *GriffinGirl* stand vor dem Troll. Er nannte ihr die Zahl Vierzehn.
Gespannt wartete Kim auf die Antwort.

WächterTroll: Vierzehn!?
GriffinGirl: Acht!
WächterTroll: Tritt ein!
Und der Nächste: Zwölf!?
Sternenzauberer: Sechs!
WächterTroll: Leider falsch.
Du kommst nicht rein. Und der Nächste: Eins!?
Grüne Hexe: Vier!
WächterTroll: Tritt ein!
Und der Nächste: Elf! ... Oh, ein neues Gesicht!

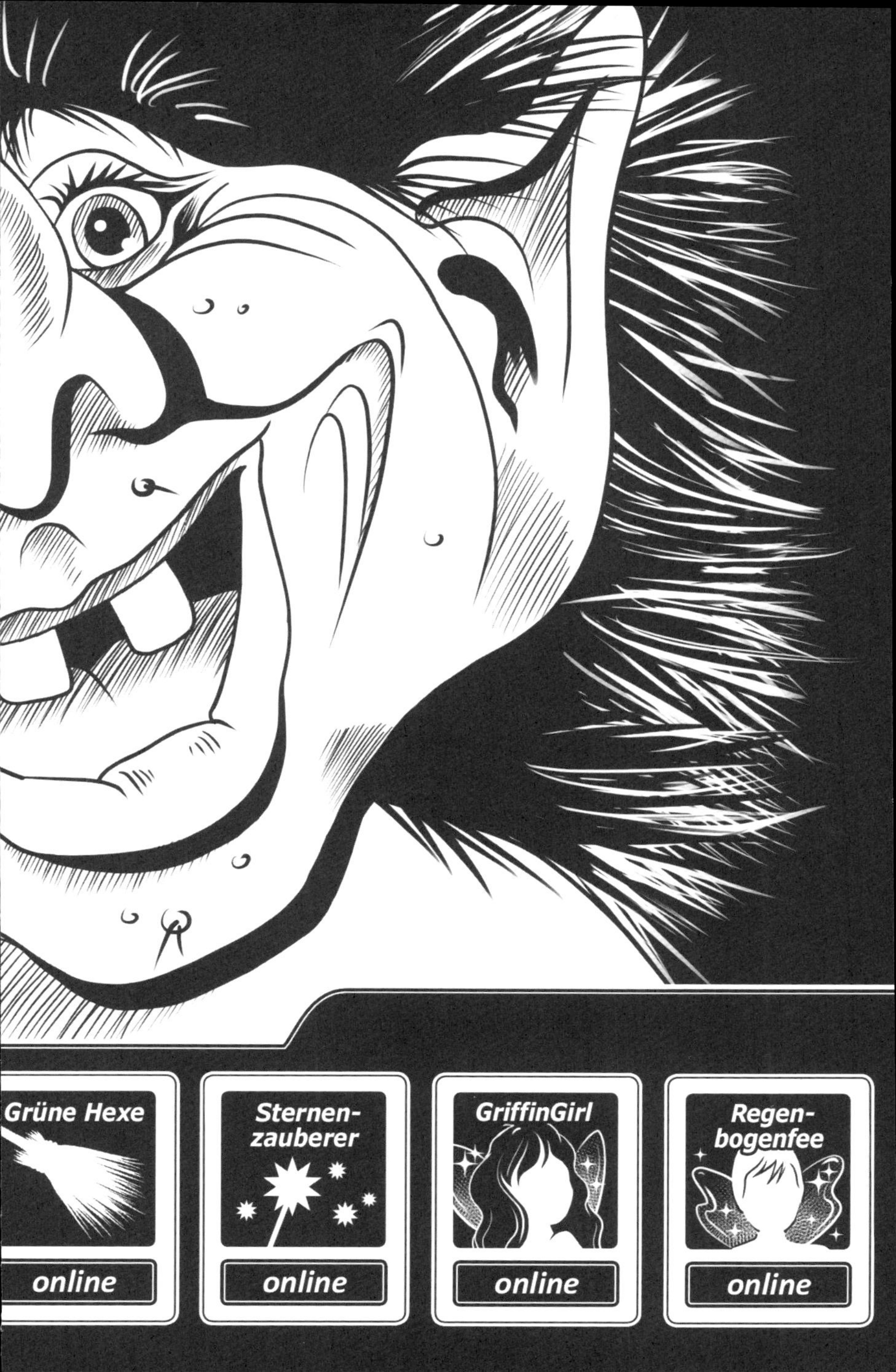

Grüne Hexe
online
Sternen-
zauberer
online
GriffinGirl
online
Regen-
bogenfee
online

Kim zuckte zusammen. Der Troll hatte erkannt, dass sie zum ersten Mal im Spiel war. Das war ja unheimlich! Dann aber musste Kim grinsen. Der Eintrittscode war wirklich einfach. Man musste bloß die Buchstaben zählen, die in der Zahl vorkamen, die der Troll nannte.
Kim tippte *Drei* in das Textfeld. Der Troll verbeugte sich und gab den Weg frei. *Viel Erfolg und Spaß!*, war im Textfeld zu lesen.
Kim musste kurz herumprobieren, mit welchen Tasten sie ihre Fee steuern konnte. Dann ließ sie den Avatar in die Höhle laufen.
Augenblicklich übte die Umgebung einen magischen Sog auf Kim aus. Irrlichternde Flammen ließen die Höhlenwände glitzern. Goldstaub flirrte durch die Luft. Feen, Elfen, Hexen, Gnome und andere Fabelwesen schlenderten umher und grüßten freundlich. An der nächsten Biegung wartete *GriffinGirl* auf sie. *Toll, dass du den Code so schnell herausgefunden hast!*, las Kim im Textfeld.
War doch ganz einfach!, antwortete Kim. Sie wartete auf eine neue Nachricht von Antonia.
Folge mir einfach!, erschien jetzt.
Antonias Avatar eilte durch die Gänge. Kim hatte Mühe, ihre *Regenbogenfee* ebenso sicher und schnell hinterherzusteuern. Besonders in Kurven oder an engen Stellen stieß sie immer wieder gegen die Höhlenwände. Unmengen von Goldstaub wirbelten auf und trübten die Sicht. Kim musste ihren Avatar anhalten und warten, bis die Staubwolken sich wieder gesetzt hatten. Plötzlich zuckte *Regenbogenfee* zusammen und nieste laut. Erneut wurde Goldstaub aufgewirbelt.

Kim musste lachen. *GriffinGirl* blieb vor einem Durchbruch stehen. *Alles klar? Wir sind da! Hier geht es zur Galerie der Liebe! Komm!* Antonias Avatar lief weiter. Kim steuerte ihre *Regenbogenfee* hinterher. Sie gelangten in eine riesige Höhle. Von der Decke hingen tausende von Kristallen, die von innen heraus zu glühen schienen. Kim ließ ihren Avatar sich langsam einmal um sich selbst drehen. Sie betrachtete staunend, was auf dem Monitor zu sehen war: Die Höhlenwände waren bis unter die Decke mit rotem Samt ausgeschlagen. Darauf waren goldene Haken eingeschlagen, an denen unzählige Bilder in kostbaren Rahmen hingen. Jedes Bild wurde von einer davor schwebenden Flamme ausgeleuchtet. *GriffinGirl* blieb vor einem Gemälde in einem ovalen Silberrahmen stehen. *Das ist mein Geheimnis!,* war im Textfeld zu lesen.
Kim steuerte ihre *Regenbogenfee* zu dem Gemälde und blieb neben *GriffinGirl* stehen. Sie zoomte an das Bild heran.

Kim schüttelte lächelnd den Kopf. Man konnte sich in diesem Spiel also sogar küssen und ein Bild davon machen. Verrückt!
Ein neuer Text flackerte auf: *Ist er nicht süß?!!??!! Das ist Drachenprinz!*
Sehr süß! Beide!, tippte Kim ins Textfeld.
Eine Weile geschah nichts. Antonias Avatar stand regungslos da und sah zu dem Gemälde auf. Nur die zarten Elfen-Flügel bewegten sich leicht auf und ab. Kim wollte gerade nachfragen, was los sei, da erschien ein neuer Text. Neugierig las sie:
Wir haben uns vor drei Wochen beim Traummuschelsammeln am Strand kennengelernt und uns sofort total gut verstanden! Wir können uns einfach alles erzählen! Drachenprinz kümmert sich um verwaiste Jungdrachen. Die haben auch oft Schlafstörungen, wie die Greife. Gestern hat mich Drachenprinz gefragt, ob wir zusammen den Herzmodus aktivieren wollen. Ich habe sofort Ja gesagt. Und dann haben wir uns geküsst! Das Gemälde hängt jetzt sieben Tage in der Galerie der Liebe – und dann können wir uns vermählen! Ich bin so glücklich!
Kim runzelte die Stirn. Sie tippte: *Herzmodus?!?! Vermählen?!?!?*
Antonia antwortete sofort*: JA! Heiraten!!! Wir lieben uns!! Ich bin so glücklich!!!!!!*
Kim schüttelte ungläubig den Kopf. Antonia nahm dieses Spiel ja wirklich sehr ernst. Was sollte das denn? Zwei Avatare verliebten sich, küssten sich und heirateten auch noch. Niemand wusste, welche echten Menschen tatsächlich hinter diesen ganzen Fabelwesen steckten. Antonia schrieb, dass sie Drachenprinz alles erzählen konnte. Das fand Kim un-

heimlich. Sie tippte: *Sei bloß vorsichtig. Hinter Drachenprinz kann doch sonst wer stecken!*
Antonias Antwort kam umgehend. Sie schrieb: *Du verstehst das nicht. Es ist mir egal, wer dahintersteckt. Ich liebe Drachenprinz! Und ich bin froh, dass auch er nicht weiß, wer hinter GriffinGirl steckt und wie abgrundtief hässlich ich in Wirklichkeit bin.*
Kim sog scharf die Luft ein. Jetzt fing Antonia schon wieder mit diesem Thema an. Sie musste mit ihr sprechen! Und zwar nicht über diesen dämlichen Spiele-Chat, sondern persönlich. Sie schnappte sich das Handy und rief Antonia an. Überraschenderweise nahm sie das Gespräch gleich an. Kim fackelte nicht lange. »Du bist nicht hässlich!«, rief sie ins Handy. »Wie oft muss man dir das noch sagen! Bloß weil zwei dumme Zicken es gerade auf dich abgesehen haben, lässt du dich vollkommen einschüchtern. Das ist so schade! Du bist ein total netter und interessanter Mensch!«
Antonia räusperte sich. »Danke«, hörte Kim sie nuscheln.
»Gern geschehen«, antwortete Kim. »Und noch was: Geh doch lieber mal raus und unternimm was. Da draußen gibt es massenweise echte Jungs, mit denen du dich bestimmt auch gut verstehst. Du musst keinen Drachenprinzen heiraten, um glücklich zu werden!«
Antonia lachte auf. »Das sagst du so leicht. In Wirklichkeit bin ich nun mal total schüchtern. Als *GriffinGirl* nicht.«
Kim seufzte. »Schüchternheit kann man überwinden!«
»Das mache ich ja!«, antwortete Antonia. »Und zwar als *GriffinGirl*!«
Dazu fiel Kim erst mal nichts mehr ein.

Geheimes Tagebuch von Kim Jülich

Samstag, 17:30 Uhr

Warnung! Lesen verboten! Dieses Tagebuch ist GEHEIM!!!
Ich wünsche jedem, der hier heimlich liest,
einen dicken Riesenpickel mitten auf die Nase!!

Ich habe eben über eine Stunde mit Antonia telefoniert.
Sie ist sehr nett und auch sehr schlau! (Wir arbeiten mit ihr
zusammen an einem speziellen Fall; dazu schreibe ich nachher
mehr im Detektivtagebuch). Leider hat Antonia ein Problem:
Sie bildet sich ein, eine hässliche Knollennase zu haben und
deswegen von allen verachtet zu werden. Aber eigentlich ist
Antonia richtig hübsch und ihre Nase meilenweit davon entfernt,
knollig zu sein!! Das will sie nur nicht glauben. Sie hat sich total
zurückgezogen und spielt nur noch Super Games of Magic oder
liest Fantasybücher. Sie sagt, dass sie sich vor der echten Welt
fürchtet. Nur als GriffinGirl fühlt sie sich wirklich wohl. Das ist
doch super traurig! Antonia hat sich in dem Online-Game in eine
Jungen verliebt. Also, in einen Avatar! Wer wirklich dahinter-
steckt, weiß sie nicht. Es scheint ihr auch egal zu sein. Das i
so naiv! Ich mache mir richtig Sorgen! Zum Glück hat sie
wenigstens keine Lust, den Jungen in Echt zu treffen. Sie w
nicht, dass er ihre Nase sieht. In dem Fall ist das ganz gut
Es gibt genug Beispiele von Menschen, die sich im Intern
kennengelernt und dann getroffen haben, und dann hat s
herausgestellt, dass einer von ihnen ein fieser Mörder i

uf jeden Fall habe ich Antonia gesagt, dass es
inen Sinn macht, dass sie so tut, als gäbe es die Welt
außen gar nicht. Eine klare Vermeidungsstrategie, würde
ma sagen. Na ja, ich vermeide auch enge Räume, weil ich
tzangst habe. Wenn Franzi und Marie bei mir sind, ist es
rdings besser. Ich bin froh, dass ich so gute Freundinnen habe!
die beiden auch vor etwas Angst haben? Ich glaube, die beiden
ind total zufrieden mit sich und strahlen deshalb so eine Stärke aus.
Obwohl, heute Nachmittag hat Franzi gesagt, dass sie ihre Sommer-
sprossen hässlich findet, und Marie glaubt, Schlupflider zu haben.
Wie ich wohl auf andere wirke? Merkt man mir an, dass ich oft
unsicher bin? Merkwürdig. Wir reden fast gar nicht über solche
Sachen. Wahrscheinlich, weil wir uns meistens auf unsere Detektivarbeit
konzentrieren müssen. ;-) Ich fand unser Gespräch heute richtig gut.
Ich glaube, wir sollten das öfter machen.
Samstag, 18:05 Uhr
Wir haben einen neuen,
ganz besonderen Fall!!!
Es fängt schon damit an, dass
wir dieses Mal mit einer vierten
Person zusammenarbeiten …

Das Handy klingelte. Kim runzelte die Stirn. Eigentlich wollte sie jetzt in Ruhe den Eintrag über den neuen Fall im Detektivtagebuch schreiben. Sie sah aufs Display. Überrascht stellte sie fest, dass es schon wieder Antonia war. Sie nahm den Anruf an.
»Störe ich dich gerade?«, fragte Antonia.
Kim seufzte. »Nein, ist schon gut. Ich bin gerade dabei, ein paar Notizen ins Detektivtagebuch zu machen. Aber das läuft mir nicht weg. Was gibt's denn?«
»Ich habe mich für heute aus *Super Games of Magic* ausgeloggt«, begann Antonia.
»Finde ich gut!«, rief Kim sofort. »Und, was machst du stattdessen?«
»Lesen«, sagte Antonia. »Aber ich hab nur kurz angefangen. Und dann ist mir das Buch der Magierin wieder eingefallen. Ich bin so neugierig! Deshalb musste ich dich gleich noch mal anrufen … Also, hast du noch was gefunden? Einen weiteren Text?«
Kim verdrehte die Augen. »Du möchtest wissen, ob ich das Rezept für das Schönheitselixier gefunden habe, oder?«
»Nein, n… nicht unbedingt«, stotterte Antonia. »Ich wollte nur wissen, ob vielleicht doch noch ein Geheimtext aufgetaucht ist.«
Kim musste grinsen. »Antonia, du bist einfach unverbesserlich!« Das kleine Buch lag immer noch aufgeschlagen auf dem Tisch. Kim zog es zu sich heran und blätterte durch die weißen Seiten. »Nein«, sagte sie schließlich. »Da ist nichts. Aber ich versuche es nachher noch mit dem Bügeleisen oder dem Toaster.«

Antonia seufzte. »Echt schade. Trotzdem danke!«
»Kein Problem«, antwortete Kim. »Falls ich was finde, sage ich dir Bescheid.«
»Super!«, rief Antonia. Sie zögerte einen Moment, dann sagte sie: »Ich freue mich schon darauf, dass wir uns morgen treffen und weitersuchen!«
Kim grinste. »Das wollte ich auch gerade sagen. Diese Sache ist doch tausendmal spannender als jedes Fantasy-Game!«
»Mal sehen«, murmelte Antonia.
»Okay, ich muss jetzt hier weitermachen«, sagte Kim.
»Alles klar«, antwortete Antonia. »Dann bis morgen!«
Kim verabschiedete sich und legte das Handy zur Seite. Dabei stieß sie gegen das Buch. Es rutschte über die Tischkante und fiel auf den Boden. »Mist!«, fluchte Kim leise. Sie bückte sich und hob es auf. Zum Glück schien es den Sturz gut überstanden zu haben. Kim prüfte die Kanten und die goldene Schließe. Alles war in Ordnung. Als Kim jedoch noch einmal genauer hinsah, fiel ihr etwas auf. Sie schlug das Buch auf und blätterte es sorgfältig durch. Tatsache! Es gab noch zwei Seiten, die verschlossen waren! Antonia musste sie vorhin übersehen haben. Kim holte die Spiegelfolie aus ihrem Rucksack und schlitzte das Papier auf. Ein dünnes, zweimal gefaltetes Pergament rutschte ihr entgegen. Kim nahm es vorsichtig in die Hand. Hatte sie gerade das Rezept der Magierin gefunden?

Kim betrachtete das dünne Papier. Das war definitiv kein Rezept. Was hatte die Rose zu bedeuten? An was erinnerte sie das? Kim beschloss, die zweite Seite im Buch zu öffnen. Als sie nach der Spiegelfolie griff, klopfte es an der Tür. Sie rief: »Ja!«

Kims Mutter steckte ihren Kopf herein und sagte: »Es gibt Abendessen! Wo bleibst du denn?«

Kim sah auf die Uhr. »Es ist doch noch gar nicht sieben!«

Frau Jülich schüttelte den Kopf. »Ich hatte dir doch gestern gesagt, dass wir heute Abend früher essen. Ich muss zum Elternabend!«

»Das hatte ich ganz vergessen«, murmelte Kim und stand auf. »Tut mir leid. Ich komme gleich.« Sie warf einen bedauernden Blick auf das Buch der Magierin. Am liebsten hätte sie jetzt sofort die zweite Seite geöffnet. Aber das musste sie auf später verschieben. Wenn es um das gemeinsame Abendessen ging, war mit ihrer Mutter nicht zu spaßen.

Als Kim die Küche betrat, fingen die Zwillinge sofort an zu kichern. »Kim hat einen Trollfreund!«, rief Ben und biss in sein Wurstbrot. Mit vollen Backen nuschelte er weiter: »Die haben im Internet geknutscht!«

Kims Vater sah sie über seine Brille hinweg fragend an. Ihre Mutter stellte die Teekanne ab und räusperte sich. »Wie bitte?«

Kim setzte sich. »Wie kommst du auf so einen Mist?«, fuhr sie ihren Bruder an.

»Aber du warst in diesem Online-Game …«

»Ja! Aber ich knutsche dort keine Trolle!« Kim nahm sich ein Sesambrötchen aus dem Korb.

»Was ist denn das für ein Spiel?«, wollte Kims Mutter wissen. Kim seufzte. Jetzt hatte sie den Salat. Sie würde ihrer Mutter gleich lang und breit erklären müssen, um was es bei *Super Games of Magic* ging. Wahrscheinlich musste sie dann noch mit ihrem Vater ein Level spielen, damit er sich davon überzeugen konnte, dass das Spiel gewaltfrei und, vor allem, *pädagogisch wertvoll* war. Kurz: Der Abend war gelaufen. Sie durchbohrte die Zwillinge mit einem bösen Blick und griff zum Messer. Energisch säbelte sie ihr Brötchen entzwei. Während sie es mit Frischkäse bestrich, begann sie zu erzählen: »Das ist ein Fantasy-Spiel, bei dem man als Elfe oder Fee oder so durch ein magisches Land läuft und verschiedene Aufgaben erledigen muss. Glühwürmchen fangen, Greife retten …«
»Voll der Mädchenkram«, nuschelte Lukas und versprühte dabei einen Schwall von zerkautem Wurstbrötchen.
Kim rückte angewidert ab.
»Lukas, benimm dich«, rief Frau Jülich. »Und wisch das weg!«
»Zeigst du mir nachher mal dieses Spiel?«, sagte Kims Vater. Kim nickte ergeben. Der Abend war definitiv gelaufen.

Eine Stunde später saß Kim gut gelaunt in ihrem Zimmer. Sie grinste in sich hinein. Nach dem Essen hatte sie ihrem Vater *Super Games of Magic* gezeigt. Jetzt saß er im Wohnzimmer gebannt vor dem PC und arbeitete an seiner Lizenz zum Führen von magischen Flugdrachen. Kim unterdrückte den Drang nachzusehen, welche Fortschritte *Lord SkyFly* machte. Stattdessen schlitzte sie die letzte Seite des Buchs auf. Wieder rutschte ein gefaltetes, dünnes Papier heraus.

Marie eilte mit wehenden Haaren zu Kim und Franzi. Die beiden saßen in ihrer Lieblingsecke im *Café Lomo*. »Super, dass du auch früher gekommen bist!«, sagte Kim.
Marie ließ sich auf den Sitzsack neben ihr fallen. »Kein Problem. Meine Gesangsstunde ist heute ausgefallen.«
»Dann hättest du ja *noch* früher kommen können«, stellte Franzi fest. Sie zog sich energisch ihren Schal fester.
Marie runzelte die Stirn. »Hör mal! Ich –«
»Wir haben dir schon mal einen *Kakao Spezial* bestellt«, sagte Kim schnell. »Hier!« Sie schob Marie den Becher hin. Kim hatte jetzt wirklich keine Lust darauf, dass ihre Freundinnen sich stritten. Es störte sie zwar auch, dass Marie fast immer zu spät kam, aber heute fand sie es nicht schlimm. Schließlich hatte sie erst gestern am späten Abend eine Nachricht geschickt und um das frühere Treffen gebeten.
Marie zögerte einen Moment, dann nahm sie den Becher. »Danke!« Sie sah auf die beiden Pergamente auf dem Tisch. »Das sind also diese Rosen, die du gestern gefunden hast!«
Kim nickte.
»Wir glauben, dass das die *Schlüssel* sind, von denen die Magierin schreibt.« Franzi blätterte zum letzten Eintrag im Buch. »Hier!«
»Dann brauchen wir jetzt nur noch die Schatzkarte«, sagte Marie. »Und die befindet sich wahrscheinlich irgendwo bei dem Frauenporträt im Schlösschen.«
»Genau!« Franzi nickte. »Bald haben wir den Schatz!« Sie strahlte mit Marie um die Wette.
Kim atmete auf. Ihre Freundinnen hatten das leidige Thema des Zuspätkommens offensichtlich vergessen. Sie räusperte

sich und schlug das Buch ganz hinten auf. »Ich habe gestern noch etwas entdeckt.«
Marie tippte auf den runden Abdruck im Buchdeckel. »Den haben wir doch schon gesehen. Der ist echt merkwürdig.«
»Ja, aber den meine ich nicht. Es gibt noch etwas. Seht euch mal die Seite links genau an.«
Franzi und Marie steckten die Köpfe über dem Buch zusammen.
»Da sind lauter kleine schwarze Punkte«, stellte Franzi fest. »Ich würde sagen: Das ist Fliegendreck.«
»Habe ich auch zuerst gedacht«, sagte Kim. »Aber schau mal genau hin: Da sind Zahlen neben den Punkten!«
Franzi kniff die Augen zusammen und betrachtete die Seite erneut. »Stimmt!« Sie sah Kim an. »Ist das die Karte von einem Sternbild?«
»Daran hatte ich noch gar nicht gedacht«, sagte Kim erstaunt.
»Malen nach Zahlen«, murmelte Marie.
»Wie bitte?« Kim sah Marie irritiert an.
»Kennst du das nicht? Im Kindergarten hatten wir immer solche Heftchen. Man musste die Punkte mit Linien verbinden, und zwar in der Reihenfolge der Zahlen, die danebenstanden.« Marie lächelte. »Wenn man alles richtig gemacht hatte, kam ein Bild dabei heraus.«
Franzi biss sich auf die Lippe. »Das hier sieht aber viel komplizierter aus. Es sind viel mehr Punkte.«
»Einen Versuch ist es wert, finde ich.« Kim sah in ihrer Tasche nach. »Mist, ich habe keinen Stift. Hat jemand von euch einen?«

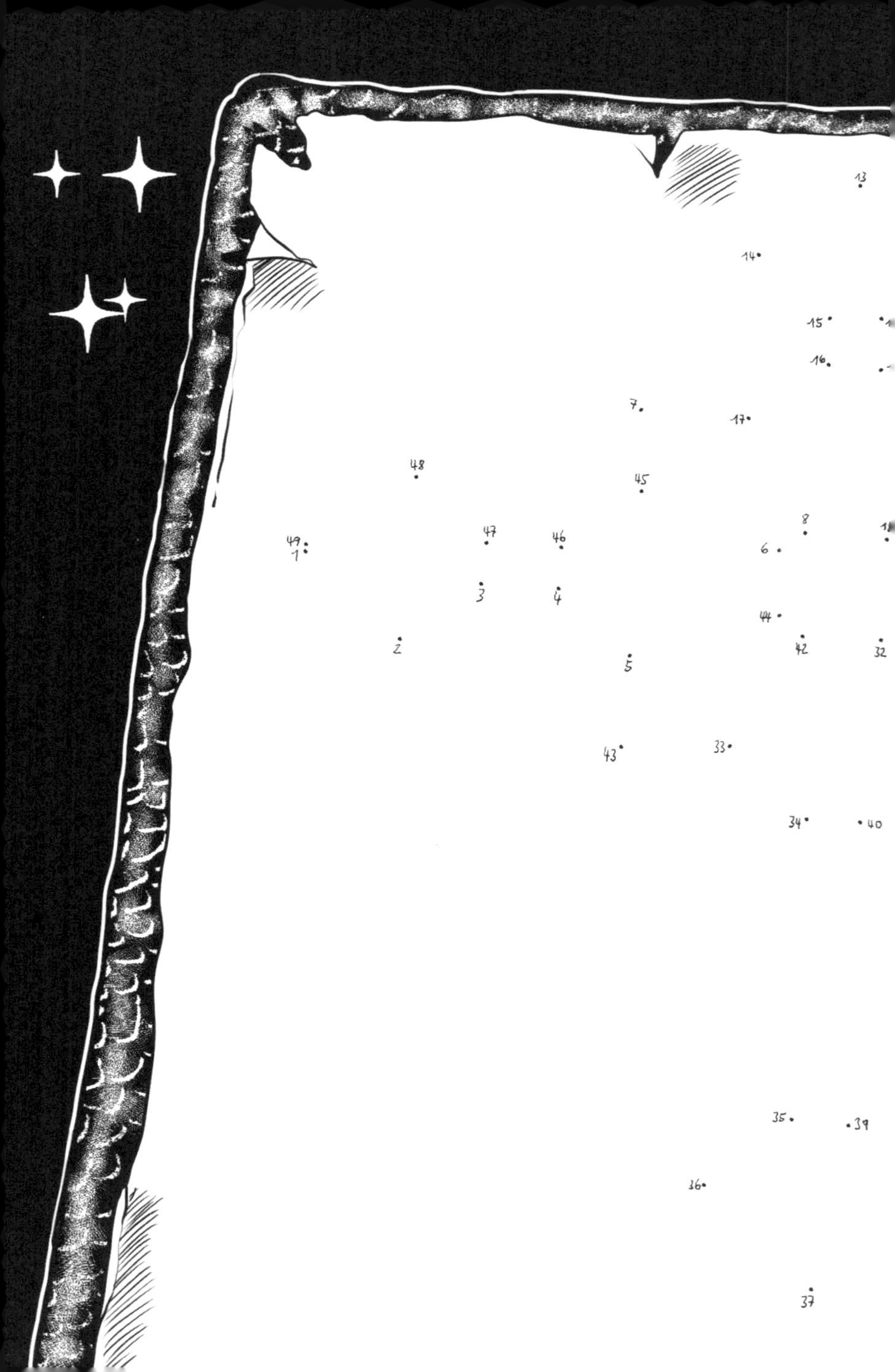

19
29
26
28
27
22
23
25
21
24
31

»Das ist ein Kreuz«, sagte Kim. »Mit einem Stern in der Mitte.«
»Was soll das denn schon wieder bedeuten?«, fragte Marie. Sie nahm einen Schluck von ihrem Kakao. »Hat Amina von Stetten irgendwas von einem Kreuz geschrieben?«
»Keine Ahnung, ich erinnere mich nicht daran.« Kim blätterte im Buch zurück. »Nein. Da steht nichts von einem Kreuz.«
»Ist doch erst mal egal. Jetzt machen wir einfach eins nach dem anderen«, schlug Franzi vor. »Zuerst gehen wir zum Wasserschlösschen und suchen die Dame mit den schwarzen Haaren!« Sie sah auf die Uhr. »Antonia übertrifft Marie übrigens um Längen. Sie ist schon eine halbe Stunde über der vereinbarten Zeit!«
»Vielleicht hat sie Kims Nachricht nicht bekommen?«, sagte Marie.
»Doch, sie hat auch gleich geantwortet. Sie hat mich noch gefragt, wo das *Café Lomo* ist.« Kim zog das Handy aus der Tasche. »Ich rufe sie an.« Nach einigen Sekunden schüttelte Kim den Kopf. »Sie geht nicht ran!« Aus einer Eingebung heraus loggte sich Kim in *Super Games of Magic* ein und rief die Umgebungskarte auf. Sie musste nicht lange suchen. Am Strand der Traummuscheln blinkte ein Stern mit dem Namen *GriffinGirl*. Dicht daneben befand sich ein anderer Stern: *Drachenprinz*.
»Ich glaube es nicht!«, rief Kim. »Antonia sitzt mit ihrem Traumboy am Strand und lässt uns einfach im Stich!«
»Sie sitzt am Strand?«, wiederholte Franzi staunend.
»Mit ihrem … Traumboy?«, fragte Marie.

Kim nickte. »Ich erkläre es euch später. Jedenfalls ist Antonia online und spielt *Super Games of Magic*.«
»Dann machen wir eben ohne sie weiter«, rief Marie und verschränkte die Arme vor der Brust.
Kim schüttelte den Kopf. »So einfach machen wir es ihr nicht. Ich gehe jetzt in den Spiele-Chat und geige ihr die Meinung!« Kim klickte auf das Strand-Symbol.
Franzi schüttelte den Kopf. »Verstehe ich das gerade richtig? Du willst ihren Avatar zur Rede stellen?«
»Ja, genau«, murmelte Kim. Sie starrte auf das Handydisplay. Das Bild war eingefroren. »Mist, die Verbindung ist zu langsam.«
Franzi klopfte Kim auf die Schulter. »Komm, lass es. Wir können doch zu Antonia nach Hause fahren und versuchen, direkt mit ihr zu sprechen.«
Kim sah auf. »Da hast du eigentlich recht.« Sie loggte sich aus dem Spiel aus. »Ich schreibe ihr schnell, dass wir in einer Viertelstunde bei ihr sind.«
Franzi nickte und winkte der Bedienung. Marie holte ihre Geldbörse aus der Tasche. »Ich lade euch ein!«
»Vielen Dank!«, sagten Kim und Franzi gleichzeitig. Kim lächelte. Marie hatte zwar die schlechte Angewohnheit, ständig zu spät zu kommen. Dafür hatte sie die gute, sehr großzügig zu sein.
Sie packten ihre Sachen zusammen. Kim verstaute das Buch der Magierin und die Pergamente sorgfältig in ihrem Rucksack. Gerade als sie ihr Handy einstecken wollte, gab es einen Piepton von sich. Sie sah aufs Display. »Antonia hat geantwortet!«

3G
Chat
Kim
Wir holen dich gleich ab!
Kim

70%
Antonia
Tut mir leid. Ich gehe heute nicht mehr raus. Aber wir können ja gamen und ich stelle euch Drachenprinz vor. Ich wohne im Gartenweg 3, gleich hinter der Stadtbibliothek. LG, Antonia

»Das ist ja wohl nicht wahr!«, rief Kim. Sie zeigte Marie und Franzi die Nachricht. »Antonia ist echt unmöglich.«
Marie runzelte die Stirn. »Vielleicht gab es wieder Streit mit diesen beiden Zicken und Antonia traut sich nicht auf die Straße?«
Kim nickte langsam. »Ich fürchte auch, dass so etwas dahintersteckt. Los, wir fahren zu ihr!«
Kurze Zeit später hatten sie das Mehrfamilienhaus erreicht, in dem Antonia mit ihren Eltern wohnte. Kim drückte die Klingel. Antonia meldete sich über die Gegensprechanlage. Als Kim ihren Namen genannt hatte, summte der Türöffner. Im dritten Stock machte ihnen Antonia die Tür auf. Sie lächelte die drei !!! an, aber Kim hatte den Verdacht, dass sie geweint hatte. Ihre Nase war gerötet und die Augen leicht geschwollen.
»Klasse, dass ihr vorbeigekommen seid«, sagte sie. »Kommt doch herein.«
Kim räusperte sich. »Wir wollten doch zum Wasserschlösschen! Hast du das denn vergessen?«
Antonia seufzte. »Ich will heute lieber nicht mehr rausgehen.« Sie schluckte. »Sandrine und Mara haben mich nach der Schule abgepasst und, ähm, sie wollten wissen, was wir im Pferdeschuppen gemacht haben …«
»Wie bitte?«, unterbrach Franzi Antonia. »Die geben also auch noch zu, dass sie da waren?! Ich bin dafür, dass wir die beiden sofort zur Rede stellen!«
»Nein!«, rief Antonia. »Dann wird alles nur noch schlimmer.«
Kim schüttelte den Kopf. »Vielleicht sollten wir doch hereinkommen und du erzählst uns alles in Ruhe.«

Antonia führte die drei !!! durch einen langen Flur mit sonnengelben Wänden und weißen Holzdielen zu ihrem Zimmer. Es war fast so groß wie das von Marie, sehr hell und mit schönen Holzmöbeln eingerichtet. Ein großes Bücherregal nahm eine komplette Wand ein. Auf dem Schreibtisch stand ein Flachbildschirm, der mit einem Laptop verbunden war. Der Bildschirmschoner zeigte funkelnde Sterne, die sich zu immer neuen Bildern formierten.
Die drei !!! setzten sich auf die Bodenkissen vor dem Regal, Antonia auf ihren Schreibtischstuhl. Sie knetete ihre Hände. »Ich habe Sandrine und Mara gesagt, dass es sie nichts angeht, was ich in meiner Freizeit mache. Und dass es eine Unverschämtheit ist, dass sie uns eingesperrt haben!«
»Sehr gut!«, sagte Marie. »Das war mutig von dir!«
»Vielleicht.« Antonia schüttelte den Kopf. »Aber die beiden sind dann richtig wütend geworden. Sie haben mich hin und her geschubst. Ich konnte mich aber losreißen und wegrennen. Als sie gemerkt haben, dass ich viel schneller bin als sie, hat mir Mara hinterhergerufen, dass sie mich trotzdem bald erwischen werden.« Antonia schluckte. »Heute gehe ich jedenfalls nicht mehr raus.«
Franzi ballte wütend die Fäuste. »Das werden wir noch sehen. Wenn du mit uns zusammen bist, brauchst du dir keine Sorgen zu machen!«
»Danke!«, sagte Antonia. »Aber ich möchte trotzdem lieber hierbleiben. Ich kann euch ein paar schöne Orte in *Magicland* zeigen. Vielleicht treffen wir auch *Drachenprinz* …«
Antonia verschob die Maus und die Sterne verschwanden vom Monitor. Dafür erschien eine Zeichnung.

Antonia bemerkte die verwunderten Blicke der drei !!!. Sie lächelte. »Ich war vorhin mit *Drachenprinz* am Strand. Aber dann musste er schnell weg und ein Rudel Flugdrachen einfangen, das in Panik geraten war. Ich bin in der Zwischenzeit zur *Grotte der Künste* gelaufen und habe an meinem Mandala weitergearbeitet.« Antonia deutete auf den Monitor. »Ich kann beim Ausmalen immer total gut abschalten.«
»Ich wusste gar nicht, dass man diese Bilder auch online ausfüllen kann«, sagte Marie. »Ich kenne das nur mit Papier und Buntstiften.«
Antonia stand auf. »Willst du es mal probieren?«
»Leute!« Franzi räusperte sich. »Wir haben heute noch etwas Wichtiges vor!« Sie rappelte sich aus dem Sitzkissen hoch. »Schon vergessen? Wir sind auf der Suche nach einem Schatz. Wir müssen zum Wasserschlösschen!«
Kim und Marie sprangen ebenfalls auf. Maries Augen begannen zu leuchten. »Wir finden ihn!«, rief sie. »Und du musst dabei sein, Antonia!«
»Unbedingt!«, sagte Kim. »Schließlich hast du das Porträt von der Dame mit den schwarzen Haaren wiedererkannt!«
»Du willst doch auch wissen, wie es weitergeht!«, sagte Franzi. »Lass dich von zwei Zicken, die dummes Zeug erzählen, nicht vom Abenteuer deines Lebens abhalten.«
Antonia begann zu lächeln. »Ihr seid ganz schön hartnäckig.«
Franzi grinste. »Wir sind ja auch Detektivinnen!«
Eine halbe Stunde später hatten die vier Mädchen das Wasserschlösschen im Jakobipark erreicht. Sie schlossen ihre Räder ab und liefen die breite Eingangstreppe hoch. Kim zog die schwere Tür auf.

Als sie die Eingangshalle betraten, kam ihnen eine ältere Dame entgegen. »Tut mir leid«, sagte sie. »Wir schließen gerade.«
Antonia räusperte sich. »Ich bin die Tochter von Steffanie Meyer. Sie war vorgestern mit einer Gruppe von der Stadtbibliothek hier. Dabei muss sie ein paar wichtige Unterlagen vergessen haben. Wahrscheinlich in der Teeküche. Ich soll sie holen!«
»Ach so.« Die Frau lächelte. »Das ist natürlich etwas anderes. Kommt herein.«
Antonia zwinkerte den drei !!! zu. »Ihr wartet am besten hier. Bin gleich wieder da!« Sie lief mit der Frau zur Teeküche.
»Los!«, raunte Kim und zog Franzi und Marie zu den Bildern im Treppenhaus. Neben dem Gemälde mit dem Greif hing tatsächlich das Porträt, das sie suchten! Sie betrachteten es aufmerksam. Aber es fiel ihnen nichts Besonderes auf. Kurz entschlossen nahm Kim das Bild von der Wand und untersuchte die Rückseite.
»Da ist was!«, rief sie leise. Im oberen Teil klemmte zwischen Rahmen und Leinwand ein vergilbter Briefumschlag.
»Sie kommen zurück!«, flüsterte Franzi.
Blitzschnell nahm Kim den Umschlag an sich, steckte ihn in die Jackentasche und hängte das Bild wieder auf.
Antonia verabschiedete sich von der Dame: »So ein Pech, dann sind die Unterlagen doch woanders. Aber vielen Dank!«
Unter den verwunderten Blicken der Frau eilten die vier Mädchen zur Tür hinaus.
Als sie außer Sichtweite des Schlösschens waren, zog Kim den Umschlag hervor und riss ihn auf.

Waldbauernhof

»Wahnsinn!«, rief Marie. »Diese Karte war jetzt über hundert Jahre hinter dem Bild versteckt, und wir haben sie gefunden!« Sie klopfte Antonia auf die Schulter. »Super, dass du die Sekretärin abgelenkt hast. Wir wären sonst nie so schnell vorangekommen!«
Franzi grinste. »Wir wussten schon, warum wir dich unbedingt dabeihaben wollten!«
»Danke!« Antonia lächelte. »Ihr habt mich mit eurer Neugier einfach angesteckt. Außerdem …«, sie zuckte mit den Schultern, »habe ich die Hoffnung noch nicht aufgegeben, dass das Rezept für das Schönheitselixier doch noch auftaucht!«
Franzi schüttelte grinsend den Kopf. »Du bist einfach unverbesserlich!«
Kim betrachtete die Karte und zupfte an ihrer Unterlippe. »Lasst uns die mal in Ruhe ansehen.«
Sie setzten sich auf eine der Steinbänke, die entlang der schmalen Allee aufgestellt waren. Kim breitete die Karte auf ihrem Schoß aus.
»Da sind Gebäude, viele Bäume, ein See, daneben steht *Waldbauernhof,* und dann ist da noch ein kleines Herz rechts unten …«, sagte Antonia.
»Das ist ein Ausschnitt aus dem *Silberwald*!«, rief Franzi plötzlich aufgeregt. »Das muss es sein. Unten rechts ist der Waldbauernhof, daneben, der L-förmige See, ist der Löschteich, und hier«, sie tippte auf ein kleines Haus neben dem Bauernhof, »das ist die Waldkapelle!«
Kim nickte. »Stimmt. Das passt alles!«
»Aber wo soll der Schatz sein?«, fragte Antonia. Sie beugte sich über die Karte. »Es gibt keine Markierung.«

»Die Magierin schreibt ja auch, dass es zwei *Schlüssel* gibt«, sagte Franzi. »Kim, wir brauchen die beiden Pergamente. Irgendetwas ist da verschlüsselt.«
Kim nickte und zog die Papiere und das Buch der Magierin aus dem Rucksack. Sie blätterte zum letzten Eintrag und las vor: *»Zwei Rosen sind der Schlüssel. Finde den Anker. Wenn alles sich überlagert, zeigt sich der Ort, an dem der Schatz wartet!«*
»Die Rosen haben wir«, sagte Franzi. »Aber wo ist der Anker?« Sie betrachtete die Karte genau. »Ich finde nichts, was irgendwie danach aussieht.«
Antonia runzelte die Stirn. »Und was soll das mit dem *wenn alles sich überlagert* bedeuten?« Im nächsten Moment schlug sie sich mit der Hand vor die Stirn. »Na klar! Man muss die beiden Pergamente auf die Karte legen. Vielleicht erscheint dann dieser Anker?«
»Gute Idee!«, rief Kim. »Und wisst ihr was? Ich glaube, dass es gar nicht um einen richtigen Anker geht. Hier –« Sie tippte nacheinander auf die rechte untere Ecke aller drei Papiere. »Da ist überall ein Herz drauf. Wahrscheinlich muss man alles so übereinanderlegen, dass die Herzen genau an der gleichen Stelle sind.« Gespannt verschob sie die Pergamente …

Waldbauernhof

»Das Herz ist sozusagen der Anker«, sagte Kim zufrieden. Die anderen nickten.
»Dort, wo sich die Rosenstiele kreuzen, liegt der Schatz!«, rief Franzi. »Es scheint ein ziemlich großes Gebäude zu sein. Ich kann mich nicht erinnern, das im Wald gesehen zu haben. Wisst ihr, was das sein könnte?«
Kim betrachtete die drei großen Vierecke auf der Karte. »Keine Ahnung! Aber es liegt in einiger Entfernung hinter dem alten Steinbruch.« Sie sah die anderen erwartungsvoll an. »Habt ihr noch Zeit für eine kleine Fahrradtour?«
»Klar!«, riefen Franzi, Marie und Antonia gleichzeitig.
Die vier Mädchen stürmten zu ihren Rädern und machten sich auf den Weg. Als sie an der Parkbank vorbeifuhren, auf der sie gesessen hatten, nahm Kim eine Bewegung in einem Busch wahr. Aber sie hatte keine Zeit, sich weitere Gedanken zu machen. Sie wollte jetzt den geheimnisvollen Schatz der Magierin finden!
Nach einer halben Stunde Fahrt erreichten sie den Stadtrand. Das Bauernhaus, in dem Franzi mit ihrer Familie wohnte, tauchte auf. Sie fuhren daran vorbei und Franzi übernahm die Führung. »Ich kenne eine Abkürzung zum alten Steinbruch!«, rief sie. Sie bog in einen Feldweg ein, der hinter der Pferdekoppel begann. Nach einigen Minuten Fahrt über den holprigen Untergrund bog Franzi erneut ab und steuerte auf den Waldrand zu. Das Laub der Bäume glänzte silbern in der Nachmittagssonne. Kim trat wie der Teufel in die Pedale, trotzdem wurde der Abstand zu den anderen immer größer. Sie verfluchte wieder einmal ihre mangelnde Kondition und schwor sich, in Zukunft mehr

Sport zu machen. Franzi fuhr langsamer. Kim holte auf. »Ist es noch weit?«, rief sie keuchend.
»Noch fünf Minuten, dann sind wir beim Steinbruch«, sagte Franzi. Sie wischte sich eine Schweißperle von der Stirn.
Wenigstens schwitzte auch ihre Freundin ein bisschen, stellte Kim zufrieden fest.
Sie fuhren wenige Minuten auf einem Waldweg, dann hatten sie die obere Abbruchkante des Steinbruchs erreicht. »Es muss ganz hier in der Nähe sein«, sagte Kim. Sie sahen sich um. Ein dichter Laubwald umgab sie. Und dann entdeckten sie einen schmalen Weg, der ins Dickicht führte. Die vier Mädchen fuhren hinein. Nur wenige Sonnenstrahlen schafften es durch die dichte Blätterdecke bis zum Boden. Sie radelten eine ganze Weile im Zwielicht. Dann lichtete sich der Wald etwas. Franzi hielt mit ihrem Rad an. Sie schnupperte in die Luft. »Es riecht unglaublich gut hier!«
Marie nickte und sah sich verwundert um. »Das ist Rosenduft! Ich sehe aber keine Rosen.«
Kim deutete nach vorne. »Ich habe das Gefühl, er kommt von dort!«
»Dann lasst uns endlich weiterfahren!«, sagte Antonia. »Überlegt mal: Es sind Rosen auf den Pergamenten abgebildet! Bestimmt gibt es da einen Zusammenhang!«
Kim nickte. »Ich glaube, wir sind auf dem richtigen Weg!«
Während sie weiterfuhren, wurde der Rosenduft stärker.
Franzi erreichte als Erste das Ende des Waldweges. Sie stoppte erneut und stieß einen erstaunten Schrei aus.
Die anderen beeilten sich, zu ihr zu gelangen. Kim hielt schnaufend neben Franzi an. Staunend riss sie die Augen auf.

»Wow!«, war das Einzige, das Kim über die Lippen brachte. Sie betrachtete bewundernd das große alte Klostergebäude, das von duftenden Rosen überwuchert war. »Das sieht ja aus …«

»Wie im Märchen!«, rief Antonia dazwischen. Sie legte ihr Rad im Gras ab und lief auf die Lichtung. »Hier ist es noch viel schöner als im *Tal der tausend Blumen* in *Super Games of Magic*!« Sie schloss die Augen und sog die Luft durch die Nase ein. »Und solch einen Duft gibt es dort auch nicht.«

Auch Marie und Franzi waren von dem Ort völlig verzaubert.

»Ich wusste gar nicht, dass es so etwas Schönes ganz bei uns in der Nähe gibt«, sagte Franzi. Sie ließ ihr Rad ebenfalls ins Gras fallen und trat neben Antonia. »Das ist der ideale Ort für ein Schatzversteck.«

Kim nickte. Sie sah sich um. Das Kloster bestand aus mehreren verschachtelten Gebäudetrakten. Wie viele es genau waren, konnte sie nicht sagen. Ein großer Teil war von den dichten Rosenranken fast völlig zugewuchert. Ein Turm, in dem eine einzige Glocke hing, ragte in die Höhe. Einige Meter daneben blitzten die roten Dachziegel eines kleineren Gebäudes durch die weißen Rosenblüten. Ein goldenes Kreuz darauf erregte Kims Aufmerksamkeit.

»Das kommt mir irgendwie bekannt vor«, hörte Kim plötzlich Maries Stimme dicht neben sich. Ihre Freundin schirmte mit der Hand über den Augen die Sonne ab und sah nach oben. »Wieso habe ich das Gefühl, dieses Kreuz zu kennen?«, murmelte Marie.

Kim nickte. »Weil wir es erst vor Kurzem schon mal gesehen

haben.« Sie ließ die Riemen ihres Rucksacks über die Schultern gleiten und zog den Reißverschluss auf. Dann holte sie das Buch der Magierin heraus und schlug es auf. Sie zeigte Marie die Zahlenzeichnung auf der letzten Seite. »Eindeutig: Das ist das Kreuz. Es hat den gleichen Stern in der Mitte!«

»Amina von Stetten hat ihren Schatz bestimmt in diesem Gebäude mit dem Kreuz auf dem Dach versteckt!«, sagte Franzi. Sie war unbemerkt zusammen mit Antonia neben Kim und Marie getreten. »Ich habe auch gerade an diese Zahlenzeichnung gedacht. Das ist ein eindeutiger Hinweis!« Franzi hatte rote Wangen. »Ich glaub, wir sind ganz in der Nähe des Schatzes!«

Antonia nickte. »Aber wie kommen wir heran?« Sie zeigte auf die Wand aus Rosenranken vor ihnen.

»Wir müssen uns das mal aus der Nähe ansehen«, schlug Marie vor und lief los. Die anderen folgten ihr.

Als sie direkt vor den undurchdringlich scheinenden Ranken standen, zuckte Kim plötzlich zusammen. »Hier ist ein Durchgang freigelegt worden!«

Franzi trat näher. »Es sieht so aus, als ob ein Labyrinth hineingeschnitten worden ist.« Sie lief ein Stück in den tunnelartigen Gang hinein. »Ja, hier kann man links oder rechts abbiegen! Auf jeden Fall kann man ziemlich gut hier durchlaufen.«

»Dann müssen wir nur noch entscheiden, ob wir den rechten oder den linken Weg nehmen«, sagte Kim.

»Autsch!« Marie fasste sich an die Schulter. Als sie die Hand wieder wegnahm, war Blut an ihren Fingern. »Diese blöden Dornen!«
Franzi hielt ihrer Freundin ein Taschentuch hin. »Du musst halt besser aufpassen!«
»Das ist leicht gesagt«, beschwerte sich Marie. Sie drückte das Taschentuch auf den Kratzer und sah zu dem dichten Dach aus Rosenranken empor. »Ich habe das Gefühl, es wird hier immer enger. Mittlerweile kann man noch nicht mal mehr den Himmel sehen!«
Kim sah sich unbehaglich um. »Lasst uns schnell weitergehen! Da vorne würde ich jetzt nach links abbiegen.«
»Wenn du meinst«, sagte Antonia. Sie fuhr sich nervös durch die Haare. »Ich habe jedenfalls völlig die Orientierung verloren.«
Kim ließ sich nicht anmerken, dass sie die ganze Sache mittlerweile auch ziemlich unheimlich fand. Die dichten Rosenhecken ließen kaum Sonnenlicht hindurch und es raschelte immer wieder unheimlich. Fast kam es Kim vor, als folgte ihnen jemand. Außerdem fühlte sie sich in dem engen Gang einfach nicht wohl. Ihre Platzangst meldete sich. Plötzlich spürte sie Franzis Hand auf ihrer Schulter. »Einfach tief durchatmen, Kim«, sagte Franzi mit ruhiger Stimme. Tatsächlich fühlte sich Kim gleich besser.
»Wartet mal, ich hab eine Idee«, sagte Marie. Sie wühlte kurz in ihrem Matchbeutel und holte eine angefangene Häkelarbeit heraus. »Ich knote den Faden hier an einem Busch fest und nehme das Wollknäuel mit. Dann finden wir auf jeden Fall wieder zurück.«

Nachdem Marie fertig war, liefen sie weiter und bogen an der nächsten Gabelung nach links ab. Kim versuchte sich zu entspannen. Sie musste ruhig bleiben. Dann würde sie ganz leicht den richtigen Weg finden! An der nächsten Gabelung entschied sie sich wieder für links. Leider endete der Weg an einer dichten Wand aus Rosenranken. »Mist!«, murmelte Kim und drehte sich zu ihren Freundinnen um. »Wir müssen zurück, hier geht es nicht weiter.«

Marie wickelte beim Zurückgehen das Wollknäuel wieder ein Stück auf.

An der Gabelung nahmen sie den anderen Weg. Er führte nach mehreren Biegungen zu zwei neuen Abzweigungen. Kim entschied sich für die rechte. Marie knüllte das Taschentuch in ihrer Hand fest zusammen. »Hoffentlich sind wir bald da«, murmelte sie.

Im selben Moment sah Kim Licht am Ende des Rankentunnels. Sie lief schneller. Als sie das helle Viereck erreicht hatte, musste sie kurz geblendet die Augen schließen. Vorsichtig öffnete sie sie wieder und erkannte blinzelnd, dass der Labyrinthweg in einen gekiesten Platz einmündete. Die Sonne ließ ihn weiß aufleuchten. Ein kleiner Brunnen in der Mitte plätscherte vor sich hin, mehrere Steinbänke waren rundherum aufgestellt und weitere Rosenbüsche blühten üppig in verzierten Steintrögen. Am anderen Ende des Platzes stand eine kleine Kapelle aus weißem Granit. Das goldene Kreuz befand sich auf ihrem Dach. Sie hatten es geschafft!

Kim lief ein Stück in den Vorraum der Kapelle hinein. An der Wand hing eine Tafel aus durchsichtigem Plexiglas. Darauf war eine längere Inschrift zu erkennen.

INFO

Die Kapelle aus weißem Granit gehört zum Klostergelände, das im Jahr 1215 von der ordensähnlichen Gemeinschaft der *Schwestern der Freien Herzen* erbaut wurde. Bis zu zweihundert Frauen lebten, arbeiteten und beteten hier. Im 14. Jahrhundert verließ die Gemeinschaft das Kloster. Die Gebäude verfielen zusehends. Der von den *Schwestern der Freien Herzen* angelegte Rosengarten breitete sich aus und überwucherte weite Teile des Geländes. Jahrhunderte war es als *Das Geheime Tal* bekannt. Die Gebäude gerieten in Vergessenheit. Erst 1990 wurden Kloster und Kapelle wiederentdeckt und über lange Zeit restauriert. Seit 2011 ist das Gelände für die Öffentlichkeit zugänglich. Besonders erwähnenswert sin die Buntglasfenster der Kapelle, die vollkommen erhalten geblieben sind. Sie wurden von den *Schwestern der Freien Herzen* selbst gestaltet.

Der Schatz der *Schwestern der Freien Herzen*

Als die Nonnen das Kloster aufgaben, hinterließen sie nach eigenen schriftlichen Angaben einen unermesslich wertvollen Schatz. Jahrhundertelang hielt sich die Legende, dass im *Geheimen Tal* ein großer Goldschatz versteckt sei. Heute kann man annehmen, dass es si um einen immateriellen Schatz handelt. Dem Orden der *Schwestern der Freien Herzen* galt die Liebe zu sich selbst immer als Schlüssel für die Nächstenliebe. Die Frauen machten sich und anderen Frauen immer wieder Mut, sich selbst zu erkennen und anzunehmen und die eigene Einzigartigkeit sowie die der anderen zu lieben. Damit dies nie vergesse wurde, richteten die Frauen einen speziellen Ort in der Kapelle ein. Er befindet sich hinter dem Altar beim mittleren Fenster. Noch heute ist de magische Zauber zu spüren, der von dort ausgeht. Dort liegt der Schatz, der größer ist als alle Schätze der Welt. Wer an der richtigen Stelle kniet, wird in seine Augen blicken.

Die drei !!! und Antonia lasen den langen Text mit Spannung. Nach einigen Minuten der Stille räusperte sich Antonia. »Ist das jetzt der Schatz der Magierin?«
Kim nickte langsam. »Ich glaube, ja!« Sie zog das Buch aus ihrem Rucksack und blätterte kurz darin. »Hier! Im Eintrag vom 27. April schreibt die Magierin, dass sie das blühende Kraut des Waldmeisters gesucht hat und dabei auf etwas unermesslich Wertvolles gestoßen ist. Etwas, das viel wertvoller ist als das Schönheitselixier.« Kim schlug das Buch wieder zu. »Ich nehme an, dass sie hier im Wald gesucht hat und zufällig auf die Kapelle gestoßen ist. Dann hat sie den Schatz der Schwestern entdeckt.«
Franzi trat ungeduldig von einem Fuß auf den anderen. »Lasst uns nachsehen!« Sie lief in die Kapelle hinein. Kim und die anderen folgten ihr.
»*Wer an der richtigen Stelle kniet, wird in seine Augen blicken*«, murmelte Kim. »Das klingt gruselig: Ein Schatz mit Augen.« Sie sah sich um. Gut ein Dutzend Reihen von Kirchenbänken aus dunklem, glänzendem Holz standen in der Mitte des Raums. Die Wände waren strahlend weiß getüncht. Der Altartisch befand sich auf einer erhöhten Ebene, die über drei Stufen zu erreichen war. Die Sonne fiel durch mehrere große Mosaikfenster und ließ tausende von bunten Lichtpunkten über Boden und Wände tanzen.
Franzi steuerte auf das Fenster zu, das sich direkt hinter dem Altar befand. Plötzlich gab es einen dumpfen Schlag. Marie schrie auf. Kim wirbelte herum und sah zur Tür. Sie war zugefallen! Mit pochendem Herzen lief sie zurück. Sie drückte die Klinke herunter und öffnete die Tür. »Das muss ein

Luftzug gewesen sein!«, rief Kim. Sie sah kurz nach draußen. Der Vorplatz lag still und friedlich da. Beruhigt atmete Kim aus und drehte sich schnell um. Augenblicklich stockte ihr der Atem: Direkt vor ihrem Gesicht starrte sie ein Paar grüner Augen an. Kim ließ einen Schrei los und hechtete zur Seite. Ein weiterer Schrei folgte. Kim schüttelte verwirrt den Kopf. Das war doch Franzi?!

»Hast du mich erschreckt«, erklang die Stimme ihrer Freundin. »Was ist denn los?«

»Du bist das!« Kim schüttelte den Kopf. »Ich konnte ja nicht ahnen, dass du dich bis auf zehn Zentimeter an mich heranschleichst.«

»Ich bin überhaupt nicht geschlichen«, beschwerte sich Franzi. »Ich bin ganz normal zu dir gelaufen!«

»Du hättest doch etwas sagen können!«, rief Kim. »Ich habe schließlich keine Augen im Hinterkopf!«

Franzi zuckte mit den Schultern und hielt Kim die Hand hin. »Blöd gelaufen, tut mir leid, dass ich dich erschreckt habe!«

Kim schlug ein.

»Hey!!«, rief Marie vom Altar rüber.

Kim und Franzi sahen sie überrascht an.

»Wenn ihr fertig seid, könnt ihr ja mal zu Antonia und mir rüberkommen!«, sagte Marie. »Wir haben etwas gefunden!«

Kim und Franzi beeilten sich, zum Altar zu kommen. Kim brauchte eine Weile, bis sie erkannte, was Marie meinte.

Der Schatz liegt in dir!
Tritt heran und finde dich.
Sieh dich an und sage ICH.
Nimm es an und liebe dich!
Sieh in diese Augen tief hinein!
Du kannst an dich glauben,
nur du ganz allein!
Du hast den größten Schatz gefunden,
wenn du alles liebst, was ist.

Schwächen, Stärken, auch die Wunden.
Dann gibt's nichts, was du vermisst.
Wahre Schönheit ist zu bekunden,
wenn nichts mehr an der Seele frisst.
Liebe dich, danach die Andern.
Und sei stets gewiss:
Nur so kann Hilfe wandern.
Merk dir stets den einen Satz:
Er liegt in dir – der große Schatz!

Die Mädchen lasen schweigend.
»Das ist schön«, sagte Antonia schließlich.
»Finde ich auch«, murmelte Kim. »*Er liegt in dir, der große Schatz*. Das ist wirklich schön.«
Vor dem leuchtenden Mosaikfenster mit dem Gedicht stand eine kleine Bank. Sie war mit rotem Samt überzogen. Kim strich darüber, dann kniete sie sich darauf. »Wahrscheinlich sind die Nonnen hierhergekommen, um in Ruhe nachdenken zu können. Das Gedicht hat sie immer daran erinnert, dass man sich erst selbst lieben muss, damit man andere lieben und ihnen helfen kann.« Kim betrachtete das bunte Glasmuster. Plötzlich stutzte sie. Genau auf Augenhöhe war ein schmaler Spiegel in das Mosaik eingearbeitet. Sie beugte sich vor – und sah plötzlich in ihre eigenen Augen.
»Jetzt verstehe ich es noch besser!«, rief sie. »Hier ist ein Spiegel. Wenn man auf der Bank kniet, ist man genau auf der richtigen Höhe und sieht sich selbst an.«
»*Tritt heran und finde dich!*«, wiederholte Antonia.
Kim nickte.
Antonia räusperte sich. »Lässt du mich auch mal dahin?«
»Klar!« Kim stand auf und machte Antonia Platz. Das Mädchen kniete sich auf die Bank und blickte nachdenklich in den Spiegel.
Die drei !!! lasen das Gedicht noch einmal.
Plötzlich zupfte Franzi an Kims Shirt. »Was ist denn das da am Fensterrahmen?«
Kim kniff die Augen zusammen. Nachdem sie einige Sekunden auf das Fenster gestarrt hatte, konnte sie unten am Rahmen eine Unregelmäßigkeit erkennen. Es sah aus, als hätte

jemand ein Stück Packpapier gefaltet und zwischen Rahmen und Fensterbrett geklemmt. »Merkwürdig!« Kim beugte sich vor. »Wollte hier jemand das Fenster sichern, damit es nicht aufgeht?«

Antonia schüttelte den Kopf. »Man kann es doch gar nicht öffnen. Es gibt keinen Griff.« Sie richtete sich auf und stieg über die Bank hinweg. »Ich schau mal nach!«

»Pass auf!«, sagte Marie. »Nicht, dass dir doch das ganze Fenster entgegenkommt!«

Antonia nickte. Vorsichtig zupfte sie an dem Packpapier. Das Fenster bewegte sich nicht. Sie griff fester zu. »Da muss etwas drin eingewickelt sein«, stellte sie fest. Mit einem Ruck zog sie das Papier heraus. Es war verstaubt und mit Spinnweben überzogen. Antonia pustete den Schmutz weg und wog das Päckchen in der Hand. »Definitiv«, murmelte sie. »Da ist etwas drin. Für Papier allein ist das viel zu schwer!« Sie begann das Päckchen aufzufalten. Die drei !!! sahen gespannt dabei zu.

Als Erstes kam ein weiteres, in weißes Seidenpapier gehülltes Päckchen zum Vorschein. Darunter lag ein kleiner Briefumschlag.

Antonia zog das Seidenpapier auseinander. Sie sah verwundert auf den Gegenstand in ihrer Hand. Es war ein kleiner, ovaler Spiegel. Seine Spiegelfläche war am Rand dunkel angelaufen.

»Was soll das denn jetzt bedeuten?«, murmelte Marie.

»Mach doch mal den Umschlag auf«, sagte Franzi.

Das ist es, was ich
sagen wollte – das ist der
größte Schatz, den es gibt.
Sich zu lieben und
andere zu lieben.

Ich habe dieses Kloster
bei meiner Kräutersuche
entdeckt und wollte die
Botschaft weitergeben.
Der Spiegel ist für dich.
Er passt genau in das Buch.

Erinnere dich immer ...
... nimm dies mit auf deinen Weg!

Kim holte das Buch der Magierin aus dem Rucksack und schlug die letzte Seite auf. Antonia nahm den kleinen Spiegel und drückte ihn vorsichtig in die Vertiefung im Buchdeckel.
»Er passt genau hinein.« Antonia schüttelte den Kopf. »Verrückt! Jetzt hat es über hundert Jahre gedauert, bis jemand die Botschaft von Amina von Stetten entdeckt hat!«
»Ich wüsste gerne, was aus ihr geworden ist«, sagte Marie.
Antonia lächelte. »Ich glaube, sie ist einfach glücklich geworden.«
Kim zupfte an ihrer Lippe. »Wer war diese Frau? Ich meine, dieser ganze Aufwand, all die Rätsel. Wer macht so etwas?«
Franzi grinste. »Jemand, der das Geheimnisvolle liebt. Genau wie wir!«
»Auf jeden Fall war es sehr spannend!« Antonia nickte heftig. »Tausendmal besser als ein PC-Game.«
Franzi grinste. »Schade, dass wir das Rezept für das Schönheitselixier wohl niemals erfahren werden.«
»Jetzt musst du mit deinen Sommersprossen weiterleben«, sagte Marie und boxte Franzi leicht gegen die Schulter. »Zum Glück! Die stehen dir nämlich wirklich ausgezeichnet«, fügte sie hinzu.
»Und du musst mit deinen angeblichen Schlupflidern klarkommen«, sagte Franzi grinsend. »So wie Antonia mit ihrer hübschen Nase, die sie hässlich findet, und Kim mit ihrer super Figur, mit der sie unzufrieden ist.«
Kim nickte. »Am allerbesten finde ich, dass ich jetzt weiß, dass scheinbar jeder mal etwas an sich nicht so mag. Es hat echt gutgetan, mit euch darüber zu sprechen!«
»Das kannst du laut sagen!«, antwortete Marie. »Ich hätte

niemals gedacht, dass du dich wirklich zu dick findest. Oder dass Franzi ein Problem mit ihrem Aussehen haben könnte!«
Kim klappte das kleine Buch zu und strich über den rauen Ledereinband. Sie sah Franzi und Marie an. »Ich finde, Antonia sollte das Buch bekommen!«
Antonia schüttelte den Kopf. »Aber wir haben es doch zusammen gefunden. Es gehört uns allen.«
»Schon«, sagte Franzi. »Aber du ziehst doch bald weg. Kim, Marie und ich können jederzeit hierherkommen und die Botschaft der Nonnen ansehen. Du nicht!«
»Außerdem hast du das Buch als Erste entdeckt!«, sagte Kim. Sie sah die aufgeklappte Bodenleiste und das Buch im Hohlraum plötzlich ganz deutlich vor ihrem inneren Auge. Ein merkwürdiges Gefühl stieg in ihr hoch. Etwas irritierte sie gerade. Aber sie kam nicht darauf, was es war.
Maries Stimme riss sie aus ihren Gedanken: »Lasst uns zurück ins *Lomo* fahren«, schlug ihre Freundin vor. »Ich gebe eine Runde *Kakao Spezial* aus!«
»Das klingt gut!«, sagte Kim. Auch Antonia und Franzi nickten begeistert. Sie sahen noch einmal zu dem Fenster hoch, dann liefen sie nach draußen. Nach nur wenigen Schritten nahm Kim aus dem Augenwinkel eine Bewegung wahr. Sie sah genau hin. Hatte sich nicht gerade etwas bei dem einen Rosenbusch bewegt? Sie bedeutete den anderen, still zu sein und stehen zu bleiben. Sie lauschte. Aber nichts war zu hören. Kim betrachtete das Spiel von Licht und Schatten auf dem Kiesboden. Was sie dann allerdings sah, ließ heiße Wut in ihr aufsteigen. »Ich fasse es nicht!«, rief sie aufgebracht.

Antonia, Franzi und Marie sahen Kim aus großen Augen an.
»Was ist los?«, wollte Franzi wissen.
»Ich glaube, die beiden Zicken sind hier«, zischte Kim.
Im gleichen Moment wackelte der Rosenbusch und jemand rief leise: »Autsch, pass doch auf!«
»Das war Mara!« Antonia straffte die Schultern. Mit drei großen Schritten erreichte sie den Rosenbusch und rief: »Kommt sofort da raus!«
Es raschelte und langsam schob sich eine Mädchengestalt hinter dem Busch hervor. Es war Sandrine! Dicht hinter ihr folgte Mara. Die Mädchen zupften sich Blätter aus den Haaren. Sie grinsten Antonia an. »Was macht ihr da für Spiele?«, fragte Mara. Sie deutete auf das Buch der Magierin in Antonias Hand. »Was ist das für ein komisches Ding?«
»Ist da der Schatz drin?«, wollte Sandrine wissen.
Antonia holte tief Luft. »Ich glaube es nicht: Ihr seid uns die ganze Zeit gefolgt und habt uns belauscht! Was soll das?!«
Sandrine zog eine Augenbraue hoch. »Alien, wir verfolgen dich und deine komischen neuen Freundinnen, so lange und so oft wir das wollen! Und jetzt sag schon: Was ist das da?«
Die drei !!! stellten sich neben Antonia.
»Das geht euch überhaupt nichts an! Verschwindet!«, sagte Antonia. »Und lasst mich in Zukunft in Ruhe!«
»Oho!« Mara sah Antonia spöttisch an. »Was ist denn mit dir los, Alien?«
»Ganz einfach«, sagte Antonia. »Ich habe keine Lust mehr auf diese Kindergartenspiele.« Sie verschränkte die Arme vor der Brust. »Und lass das mit dem ›Alien‹.«
Die beiden Mädchen waren sichtlich verunsichert von Anto-

nias neuem Verhalten. Sie wechselten einen Blick. Mara machte den Mund auf, aber bevor sie etwas sagen konnte, räusperte sich Marie. »Ganz schön fies von euch, immer zu zweit ein einzelnes Mädchen fertigzumachen«, sagte sie und lächelte eiskalt. »Na ja, heute ist es ja mal anders. Eigentlich ganz schön mutig von euch: zwei gegen vier!«

Franzi und Kim nickten und lächelten ebenfalls. Sie machten einen Schritt nach vorne.

»Okay«, zischte Antonia. »Haut ab! Und wenn ihr uns noch einmal verfolgt, gibt es Ärger!«

Mara zog Sandrine zur Seite. »Komm, wir gehen! So macht das echt keinen Spaß mehr.«

Sandrine zuckte mit den Schultern. »Hauen wir eben ab.«

Die Mädchen liefen zum Eingang des Rosenlabyrinths und verschwanden darin.

Marie klopfte Antonia auf die Schulter. »Das war gut!«

Antonia grinste. »Mit euch zusammen war das ja auch nicht schwer!«

Kim lächelte. »Ich glaube, du kommst alleine auch ganz gut zurecht!«

»Mal sehen«, sagte Antonia.

Die vier Mädchen liefen durch das Rosenlabyrinth zurück. Marie wickelte ihr Wollknäuel langsam wieder auf. Als sie beim Ausgang angekommen waren, wollte sie es mit Schwung in ihren Matchbeutel werfen, traf aber daneben. Das Knäuel prallte am Taschenrand ab und kullerte ins Gebüsch. »Mist!« Marie bückte sich und holte es vorsichtig zwischen den Dornen hervor. Als sie sich wieder aufrichtete, blieb ihr Blick an einer Stelle am Boden hängen.

TV Media Production/Fil
Dr. Michael Meyer

pecial Effects
& Assistenz
Drehbuch
tadt

»Das ist ja ein Ding!«, sagte Marie. »Ein Mitarbeiterausweis von *TV Media Production*! Die produzieren auch die *Vorstadtwache*!«
Kim runzelte die Stirn. »Wie kommt der hierher? Haben die hier mal gedreht?«
Marie zuckte mit den Schultern. »Keine Ahnung. Aber mein Vater war bestimmt nicht dabei. Von dem tollen Ort hätte er sicherlich erzählt.«
Antonia sah Marie neugierig an. »Dein Vater arbeitet bei *TV Media Production*? Das ist ja ein Zufall! Meiner auch!«
Marie nickte. »Ja. Aber mein Papa ist dort nicht angestellt. Er ist Schauspieler und wird von der Firma engagiert.«
»Wie cool!«, sagte Antonia. »Es ist bestimmt toll, wenn man seinen Vater im Fernsehen …« Als ihr Blick auf den Ausweis fiel, verstummte sie plötzlich. Hektisch tippte sie auf die Karte in Maries Hand.
»Michael Meyer«, krächzte sie. »Das ist mein Vater!«
»Was?«, rief Marie.
»*Special Effects & Assistenz Drehbuch*«, las Antonia vor. »Das ist genau der Bereich von meinem Papa.« Sie schüttelte den Kopf. »Das ist sein Ausweis! Er muss ihn hier verloren haben. Ich verstehe nichts mehr. Was hat er hier gemacht?«
In Kims Kopf rasten die Gedanken wild durcheinander. Plötzlich sah sie wieder das Buch der Magierin in dem Hohlraum hinter der Leiste vor sich. Und jetzt erinnerte sie sich auch wieder daran, was sie verwirrt hatte: An der Wand hinter dem Buch waren Stromkabel verlegt. Kabel mit bunter Plastikverkleidung. Die stammten niemals aus der Zeit um 1900! Das waren moderne Kabel, solche, die erst seit einigen

Jahren verwendet wurden. Kim schnippte mit dem Finger. Jemand musste das Buch erst vor Kurzem, nachdem die Villa renoviert worden war, in der Bodenleiste versteckt haben.
»Leute!«, rief Kim. »Ich habe einen Verdacht.« Sie erklärte den anderen schnell ihre Beobachtung.
Antonia schluckte. »Du meinst also, das Buch lag dort gar nicht seit hundert Jahren? Ja aber …«
»Ich glaube, Amina von Stetten hat es nie gegeben!«, unterbrach sie Kim.
»Aber wer …« Antonia riss die Augen auf. Ihre Wangen färbten sich rot. Jetzt schien sie zu begreifen, was Kim meinte. »Du meinst, mein Vater hat damit etwas zu tun?«
»Ich weiß nicht. Aber …« Kim biss sich auf die Lippe.
Antonia schüttelte mechanisch den Kopf. »Das kann ich nicht glauben!« Sie sah auf ihre Armbanduhr. »Kurz nach sechs«, murmelte sie. »Bis sieben ist er heute noch in der Filmstadt. Ich muss zu ihm und ihn zur Rede stellen. Kommt ihr mit?« Die drei !!! sagten sofort zu.

Eine halbe Stunde später liefen die Mädchen den Flur entlang, auf dem sich die Büros der Produktionsteams in der Filmstadt befanden. Marie war einfach fröhlich winkend an dem Portier im Eingangsbereich vorbeigelaufen und hatte gerufen, dass sie etwas für ihren Vater suchen musste.
»Hier ist es«, sagte Antonia und klopfte an eine der Türen. Niemand reagierte. Antonia riss die Tür auf und stürmte in das Büro hinein. Ihr Vater war nicht da. »Er kommt bestimmt gleich wieder«, sagte sie.
Kim betrachtete interessiert den überladenen Schreibtisch.

Filmpalast
Reihe 10 Platz 2
20 Uhr
drei
Detektivinne
Kim Jülich
Franziska Winkler
Marie Grevenbroich
Wir lösen jeden Fall!
TANKQUITTUNG

TAGBLATT
MM
drei !!!
igen Fall!
Garderobe
12

»Sieh mal einer an«, murmelte Kim. Sie zog eine Zeitungsseite unter einem Stapel Akten hervor. »Das ist ja ein Zufall: Das ist der Artikel über uns, der vor sechs Wochen im Tagblatt erschienen ist!«

Marie sah Kim über die Schulter. »Da hat sich jemand über uns informiert!«

»Hier liegt sogar unsere Visitenkarte!«, stellte Franzi erstaunt fest. »Wie kommt die hierher?«

Marie sog scharf die Luft ein. »Mein Vater hatte mich vor einigen Wochen um eine Karte gebeten. Er hat mir erzählt, dass ihn ein Kollege vom Fernsehen angesprochen hat, dessen Frau Bibliothekarin ist und Vorleser sucht. Ich nehme an, dass …«

Plötzlich wurde die Tür geöffnet und ein schlanker, mittelgroßer Mann betrat den Raum. Er lächelte erstaunt, als er die vier Mädchen sah. »Guten Tag, die Damen!«, sagte er. »Was verschafft mir die Ehre eures Besuchs?«

»Papa!«, rief Antonia. Sie hielt das kleine Buch in die Höhe. »Hast du damit etwas zu tun?!«

Antonias Vater schob sich die Brille hoch, die bis auf die Nasenspitze gerutscht war. »Wie kommst du darauf?«

Antonia legte das Buch auf den Tisch und zog den Mitarbeiterausweis aus der Tasche. Sie hielt ihn ihrem Vater hin. »Den haben wir vorhin beim Kloster im Wald gefunden.«

Herr Meyer warf einen kurzen Blick auf den Ausweis. Er seufzte. »Ich hatte schon befürchtet, dass ich ihn im Rosenlabyrinth verloren habe.«

»Du warst wirklich da!«, rief Antonia.

Herr Meyer setzte sich in einen Sessel beim Fenster. »Ja.«

Kim räusperte sich. »Ich hätte schon viel eher darauf kommen müssen, dass jemand nur ein Spiel mit uns treibt!«
»Nein!«, sagte Herr Meyer ernst. »Oder vielmehr: Ja, es war ein Spiel. Aber ein Spiel, das etwas bewirken sollte.«
»Wie meinst du das?«, fragte Antonia leise.
Herr Meyer seufzte. »Antonia! Du hast dich so verändert in der letzten Zeit. Es gab nur noch dieses Fantasy-Spiel. Du hast dich vollkommen zurückgezogen. Deine Mutter und ich, wir konnten überhaupt nicht mehr mit dir reden!« Antonias Vater knetete seine Hände. »Vor einigen Wochen habe ich diesen Artikel über euch drei in der Zeitung entdeckt.« Herr Meyer nickte Marie zu. »Ich war sehr beeindruckt! Und ich habe mir gedacht, dass es Antonia einfach guttun würde, euch kennenzulernen …« Herr Meyer machte eine Pause.
Kim räusperte sich. »Sie haben tatsächlich die ganze Geschichte um Amina von Stetten inszeniert, um Antonia und uns zusammenzubringen?«
Antonias Vater lächelte schwach. »Richtig.«
Die vier Mädchen waren sprachlos.
Herr Meyer fuhr fort: »Dann habe ich noch zufällig einen Artikel über das Kloster der *Schwestern der Freien Herzen* gelesen. Die Botschaft auf dem Fenster hat mich sehr berührt. Ich wollte, dass Antonia sie liest. Also habe ich angefangen, mir eine Geschichte auszudenken …«
»Ziemlich verrückt«, murmelte Kim.
Herr Meyer nickte langsam. »Mag schon sein.« Auf seinem jungenhaften Gesicht zeigte sich ein Ausdruck von Stolz und gleichzeitig schlechtem Gewissen. »Vielleicht ist die Fantasie etwas mit mir durchgegangen«, murmelte er.

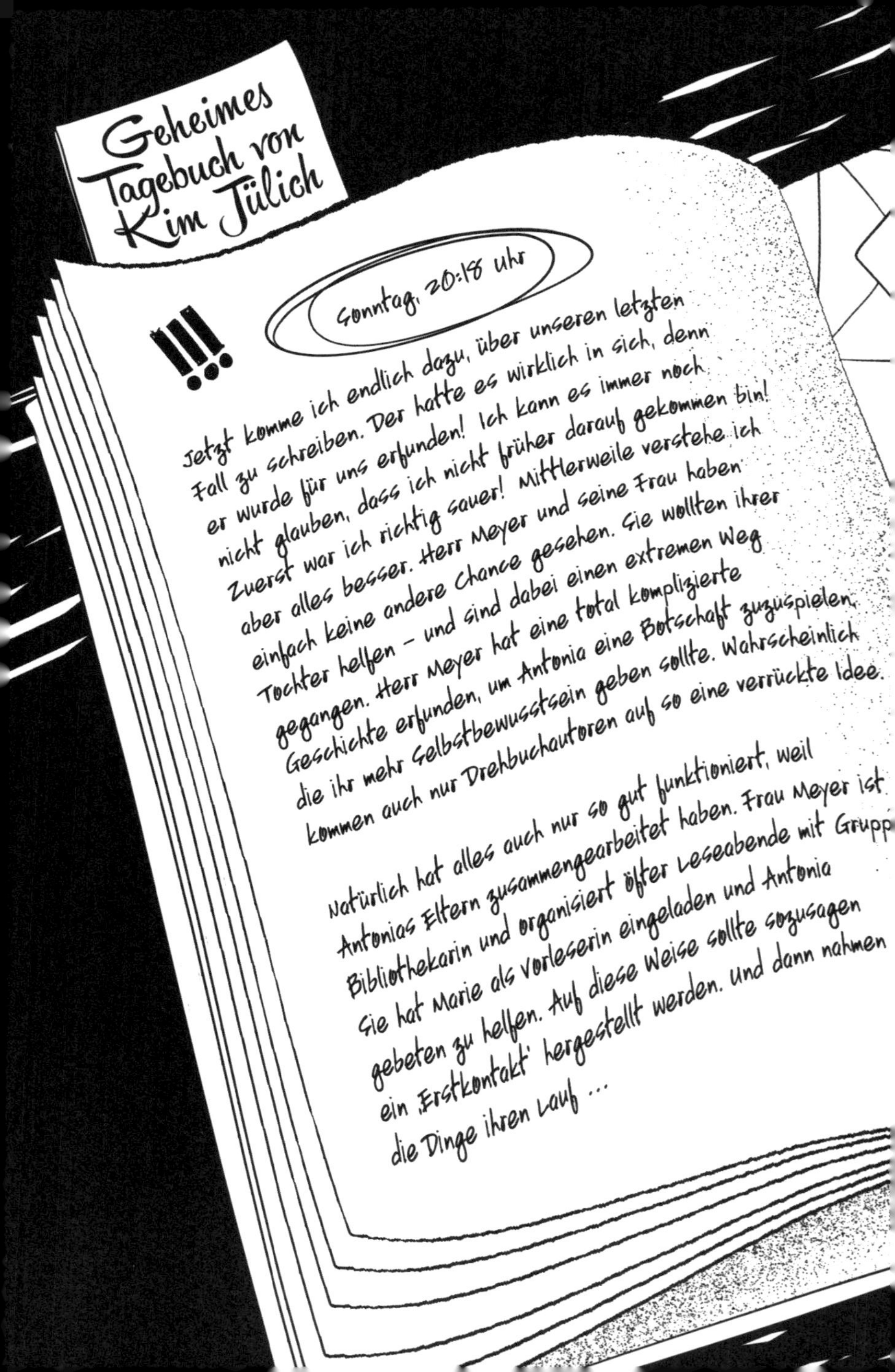
Geheimes Tagebuch von Kim Jülich
Sonntag, 20:18 Uhr
!!!
Jetzt komme ich endlich dazu, über unseren letzten Fall zu schreiben. Der hatte es wirklich in sich, denn er wurde für uns erfunden! Ich kann es immer noch nicht glauben, dass ich nicht früher darauf gekommen bin! Zuerst war ich richtig sauer! Mittlerweile verstehe ich aber alles besser. Herr Meyer und seine Frau haben einfach keine andere Chance gesehen. Sie wollten ihrer Tochter helfen – und sind dabei einen extremen Weg gegangen. Herr Meyer hat eine total komplizierte Geschichte erfunden, um Antonia eine Botschaft zuzuspielen, die ihr mehr Selbstbewusstsein geben sollte. Wahrscheinlich kommen auch nur Drehbuchautoren auf so eine verrückte Idee.
Natürlich hat alles auch nur so gut funktioniert, weil Antonias Eltern zusammengearbeitet haben. Frau Meyer ist Bibliothekarin und organisiert öfter Leseabende mit Grupp
Sie hat Marie als Vorleserin eingeladen und Antonia gebeten zu helfen. Auf diese Weise sollte sozusagen ein ‚Erstkontakt' hergestellt werden. Und dann nahmen die Dinge ihren Lauf …

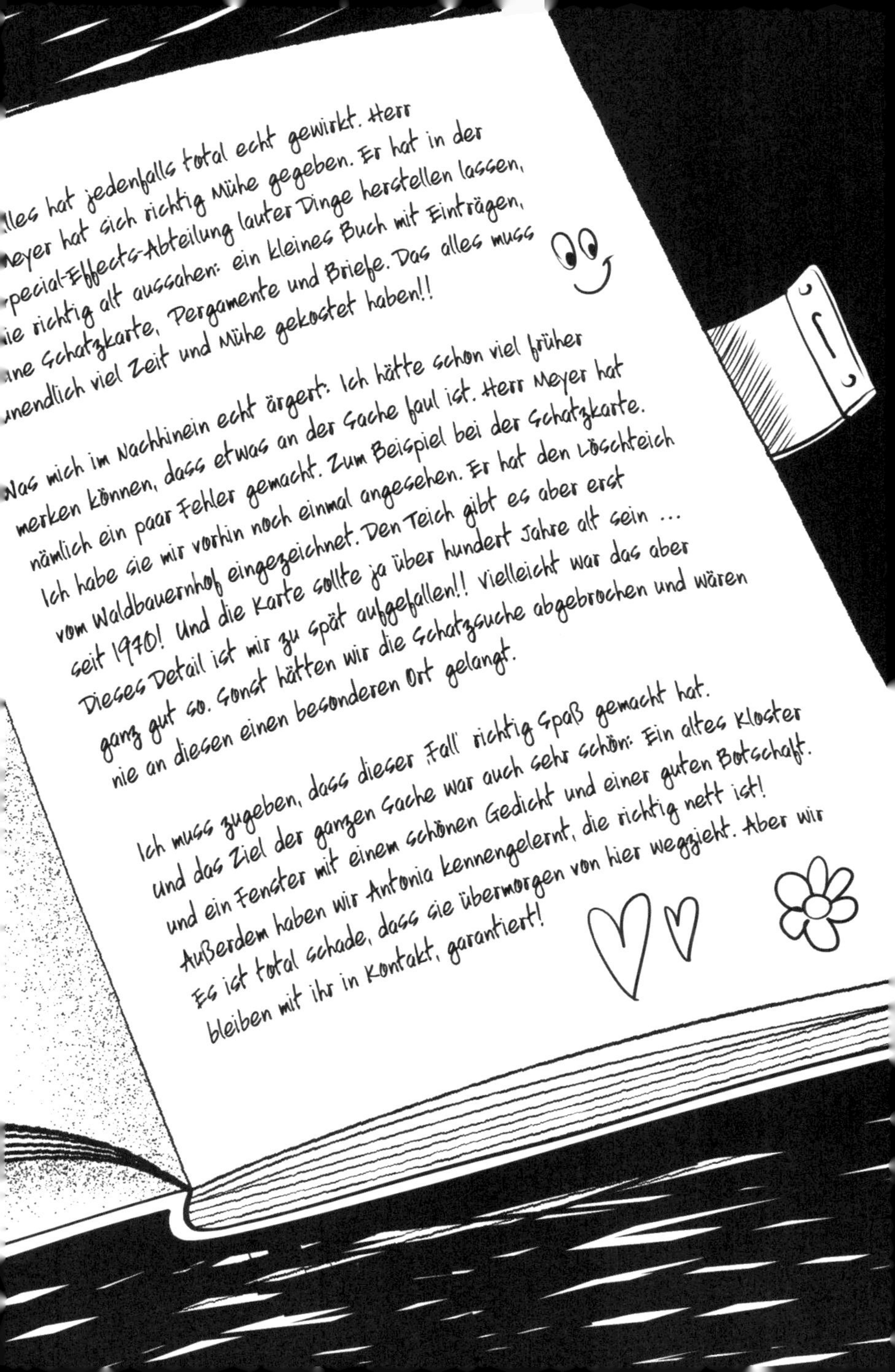

lles hat jedenfalls total echt gewirkt. Herr
eyer hat sich richtig Mühe gegeben. Er hat in der
pecial-Effects-Abteilung lauter Dinge herstellen lassen,
ie richtig alt aussahen: ein kleines Buch mit Einträgen,
ne Schatzkarte, Pergamente und Briefe. Das alles muss
nendlich viel Zeit und Mühe gekostet haben!!

Was mich im Nachhinein echt ärgert: Ich hätte schon viel früher
merken können, dass etwas an der Sache faul ist. Herr Meyer hat
nämlich ein paar Fehler gemacht. Zum Beispiel bei der Schatzkarte.
Ich habe sie mir vorhin noch einmal angesehen. Er hat den Löschteich
vom Waldbauernhof eingezeichnet. Den Teich gibt es aber erst
seit 1970! Und die Karte sollte ja über hundert Jahre alt sein ...
Dieses Detail ist mir zu spät aufgefallen!! Vielleicht war das aber
ganz gut so. Sonst hätten wir die Schatzsuche abgebrochen und wären
nie an diesen einen besonderen Ort gelangt.

Ich muss zugeben, dass dieser ‚Fall' richtig Spaß gemacht hat.
und das Ziel der ganzen Sache war auch sehr schön: Ein altes Kloster
und ein Fenster mit einem schönen Gedicht und einer guten Botschaft.
Außerdem haben wir Antonia kennengelernt, die richtig nett ist!
Es ist total schade, dass sie übermorgen von hier wegzieht. Aber wir
bleiben mit ihr in Kontakt, garantiert!

Eine Woche später saßen die drei !!! in ihrem Hauptquartier im Pferdeschuppen. Kim rührte mit dem Strohhalm das leuchtend rosa Getränk in ihrem Glas um. »Der Feentrunk ist dir gut gelungen!«, sagte sie.
»Danke!«, antwortete Franzi und nahm einen großen Schluck aus ihrem Glas. »Das Rezept ist ja auch genial.«
Marie nickte. »Frau Meyer hat einfach gute Ideen. Ich hoffe, die neue Bibliothekarin macht auch so nette Veranstaltungen!«
Franzi nickte. »Wo du von den *guten Ideen* von Antonias Mutter sprichst: Ich kann es immer noch nicht fassen, dass wir auf diese gefälschte Schatzsuche hereingefallen sind!«
Marie zuckte mit den Schultern. »Es war eben alles total geschickt in Szene gesetzt.«
»Klar!«, sagte Kim. »Aber es gab ein paar Fehler und unlogische Dinge. Die hätten uns stutzig machen müssen!«
»Hinterher ist man immer schlauer!« Marie verschränkte die Arme vor der Brust. »Gab es außer den Stromkabeln hinter dem Buch und dem Löschteich auf der Karte denn noch etwas?«
Kim nickte. »Das Anamorphosen-Bild im Buch. Uns hätte auffallen müssen, dass wir kurz davor schon einmal ein Rätsel mit Verzerrbild gelöst haben, nämlich …«
»Bei der Schnitzeljagd, die bei der Lesenacht im Wasserschlösschen gemacht wurde«, vollendete Franzi Kims Satz. Sie grinste. »Ich habe das einfach nur für einen Wahnsinns-Zufall gehalten. Und für sehr praktisch, weil wir die Spiegelfolie noch hatten!«
Franzi griff zur Karaffe und schenkte vom Feentrunk nach.

»Wie auch immer: Das Ganze war doch ein prima Detektivtraining!« Sie stellte die Karaffe wieder ab und pustete sich eine Haarsträhne aus dem Gesicht. »Und die Botschaft der Schwestern hätten wir sonst auch nie kennengelernt. Die finde ich wirklich gut.«
»Geht mir genauso«, sagte Marie.
»Hat Antonia sich eigentlich schon gemeldet?«, fragte Franzi.
Kim nickte. »Wir haben gestern gemailt. Es gefällt ihr an der neuen Schule ziemlich gut. Die haben dort sogar eine Fantasy-AG. Sie machen Rollenspiele und lesen die neuesten Fantasy-Bücher gemeinsam.«
»Na, das passt doch!«, sagte Marie. Sie trank einen Schluck Feentrunk und stellte das Glas wieder ab. »Ich hoffe, Antonia kommt jetzt besser zurecht.«
»Ich glaube schon«, sagte Kim. »Sie hat geschrieben, dass alles jetzt ein Neuanfang ist. Eine echte Chance!«
»Hoffentlich ergreift sie sie auch und versteckt sich nicht wieder in ihrem Online-Spiel«, sagte Franzi.
Kim grinste. »Ich glaube, sie ist auf einem guten Weg. Sie hat geschrieben, dass sie die letzten Tage überhaupt keine Zeit mehr für das Spiel hatte und es gar nicht vermisst. Sie hat ihren Avatar jetzt erst mal im Museum geparkt.«
Franzi und Marie sahen Kim verständnislos an.
Kim zog ihr Tablet aus dem Rucksack. »Ich zeige es euch!« Sie loggte sich in *Super Games of Magic* ein.

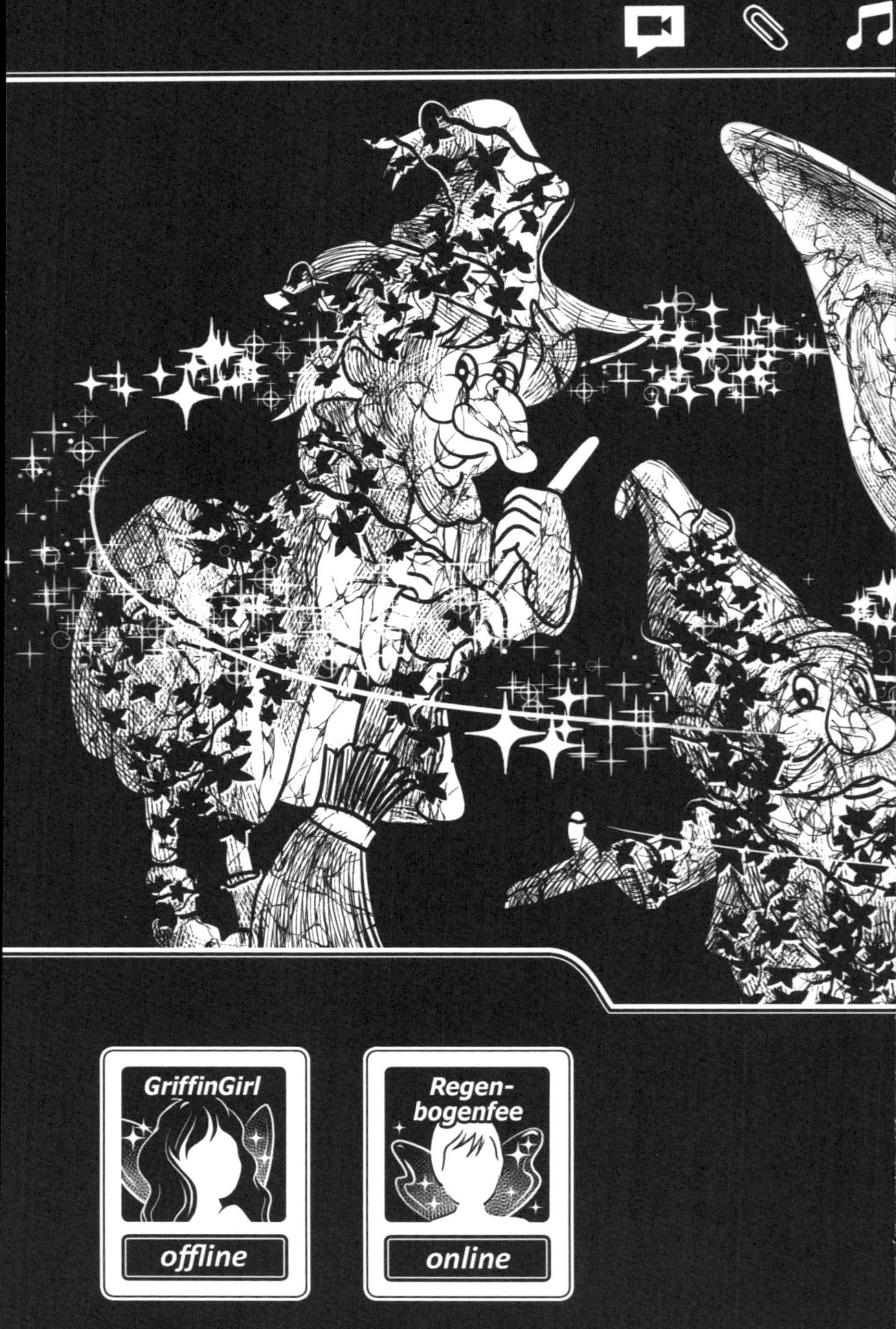
GriffinGirl
offline
Regen-
bogenfee
online

Ausschalten

»Das sind ja lauter Marmorstatuen«, sagte Marie.
Kim nickte. »Wenn du deine Figur länger als sieben Tage nicht durch *Super Games of Magic* bewegt hast, erstarrt sie und du kannst nicht mehr mit ihr weiterspielen«, erklärte Kim. »Deshalb sind die meisten Gamer ja auch mindestens einmal am Tag im Spiel.« Sie zoomte an eine der Statuen heran. »Das hier ist Antonias Avatar, *GriffinGirl*!«
»Aha.« Franzi nickte. »Diese erstarrten Figuren sehen aber schon etwas gruselig aus.«
»Stimmt«, sagte Kim. Sie dachte kurz nach. »Ich finde es schön, dass Antonia im richtigen Leben nicht mehr erstarrt ist. Dort bewegt sie sich wieder!« Sie betrachtete die Allee der Statuen. Plötzlich musste sie grinsen: Im Schatten von *GriffinGirl* stand der erstarrte *Lord SkyFly*. Er war ihr gestern gar nicht aufgefallen, wahrscheinlich, weil die Figur schon fast mit Efeublättern zugewachsen war. Lange hatte ihr Vater also nicht durchgehalten. Sie musste ihn mal fragen, ob er die Flugdrachen-Lizenz überhaupt geschafft hatte.
Franzi boxte Kim leicht am Arm. »Wie oft bist du eigentlich in dem Spiel unterwegs? Ich meine, dein Avatar ist ja wohl noch aktiv!«
Kim spürte, wie sich ihre Wangen rot färbten. »In den letzten Tagen schon ein paar Mal«, murmelte sie.
Franzi schüttelte den Kopf und grinste. »Dann wird es aber höchste Zeit, dass du wieder am richtigen Leben teilnimmst.«
»Allerdings!«, rief Marie. Sie warf ihre Haare über die Schultern zurück. »Wir sollten uns alle endlich mal bewegen. Schon vergessen? Wir wollten eigentlich die Regale im Geheimkeller aufbauen!«

»Richtig!«, sagte Kim. Sie loggte sich aus dem Spiel aus und schob das Tablet in den Rucksack zurück.
»Los geht's!«, rief Franzi und sprang auf. Ihre Augen blitzten unternehmungslustig.
Sie zogen den Flickenteppich weg und klappten die Falltür auf.
Gerade als Franzi hinuntersteigen wollte, klopfte es an der Schuppentür. Sie seufzte. »Das ist bestimmt meine Mutter, die uns Kuchen bringen will.« Blitzschnell schlug sie die Falltür wieder zu und zog mit der Hilfe von Kim und Marie den Teppich wieder darüber.
Franzi wischte sich die staubigen Hände an der Jeans ab. »Jaha!«
Die Schuppentür wurde geöffnet und Franzis Mutter steckte den Kopf herein. Sie lächelte. »Hallo, ihr drei! Ich will nicht stören. Aber ich habe etwas für euch.« Frau Winkler schwenkte einen dicken Umschlag in der Hand. »Der ist heute Morgen mit der Post gekommen.«
Franzi lief zu ihrer Mutter und nahm das Päckchen. »Danke, Mama!«
Frau Winkler lächelte und verabschiedete sich.
Neugierig betrachtete Franzi den Umschlag.
»Sag schon«, rief Marie ungeduldig. »Von wem ist der?«
»Von Antonia!«, sagte Franzi. Sie lief zum Tisch und schnappte sich die Spiegelfolie. Während sie den Umschlag auftrennte, sagte sie grinsend: »Ich habe in meinem Leben noch nie so viele Umschläge geöffnet wie in der letzten Zeit!«

Liebe Kim, liebe Franzi, liebe Marie!
Die Schatzsuche mit euch zusammen war
schön! Ich werde mich immer total gerne
daran erinnern. Das hier ist ein zweites
Buch der Magierin. Mein Papa hat es noc
einmal gebastelt und ich schenke es eu
damit ihr auch eine Erinnerung habt!
Ganz liebe Grüße und bis bald mal!
Eure Antonia

»Das ist aber nett!«, sagte Kim. »Es liegt sogar noch mal ein kleiner Spiegel dabei.«
Die drei !!! sahen sich an. Franzi und Marie nickten. Kim schlug das kleine Buch auf der letzten Seite auf und nahm den Spiegel in die Hand.
Vorsichtig setzte sie ihn in die Vertiefung im Buchdeckel ein.
Die drei Detektivinnen rückten eng zusammen.
Lächelnd betrachteten sie ihr Spiegelbild.
Dann flüsterten sie gemeinsam: »Der Schatz liegt in dir!«